· 全民微阅读系列 ·

U0460777

泣血的呼唤

相裕亭　著

江西高校出版社

图书在版编目（CIP）数据

泣血的呼唤 / 相裕亭著 . — 南昌：江西高校出版社，2017.1（2021.1 重印）
（全民微阅读系列）
ISBN 978-7-5493-5031-5

Ⅰ. ①泣… Ⅱ. ①相… Ⅲ. ①小小说—小说集—中国—当代 Ⅳ. ① I247.82

中国版本图书馆 CIP 数据核字（2017）第 017604 号

出 版 发 行	江西高校出版社
社 址	江西省南昌市洪都北大道 96 号
总编室电话	（0791）88504319
销 售 电 话	（0791）88592590
网 址	www.juacp.com
印 刷	永清县晔盛亚胶印有限公司
经 销	全国新华书店
开 本	700mm × 1000mm 1/16
印 张	14
字 数	160 千字
版 次	2017 年 1 月第 1 版 2021 年 1 月第 2 次印刷
书 号	ISBN 978-7-5493-5031-5
定 价	45.00 元

赣版权登字 -07-2017-41

目录

第一辑　金色童年

　　　　童年，尚不知去构思未来。但是，
童年里已经懂得"憧憬"。

　　　　若说"憧憬"是未来的影子，倒不
如说"憧憬"是理想的"摇篮"。几多
甜蜜、几多苦涩、几多离奇、荒诞的故
事，便在那个被历代文人描绘成"金色"
的年代里滋养生息。

诱　谎

　　我十一岁那年秋天，小伍叔诱导我撒谎，让我在幼
小的心灵中，背上了一个沉重的包袱。而且，这一背，
就是几十年。

　　小伍叔，小名小结实。
　　小的时候，我跟他一起下湖拾草、铲青、剜菜，一
起到大海里捉乌贼鱼、拣海带、摸海砂子；冬天，天气
很冷的时候，我们黑更半夜里，结伴到生产队的牛栏、

猪圈里偷粪去。

那时间，我叫他小结实。他叫我二园子。彼此没有丝毫的家族辈份之分，完全是一对要好的小伙伴。现在不行了，现在我偶尔回乡去，见到小伍叔，老远就要"伍叔伍叔"地叫他啦。倘若再叫他"小结实"，那是要遭骂挨揍的。可反过来，他是做叔的，仍然可以亲切地叫我"二园子"，我可不能叫他小结实了，至多在伍叔的前面加个"小"字，叫他"小伍叔"。

小伍叔比我大几岁，个头没有我高，心眼子比我多。他没有上过学，可他脑瓜子好用，认识好多字，能读报纸，会写信，会背《百家姓》前面的二十多句。我和他一起玩耍时，好主意坏主意全是他来拿。我跟他学会书本以外的好多知识，比如，月亮周围有光圈，第二天准要刮大风；地瓜沟上有裂口的地方，底下保准结个大地瓜；小牛犊子一旦扎上了铁环鼻儿，转年开春时就要让它离开妈妈学耕地了。这其中，还有一些鬼鬼神神的迷信东西，也是小伍叔教给我的，比如说，天上有多少星星，地上就有多少人；河水打旋的地方，底下藏有大水怪，专吃小孩子；马路上有人倒药碴子，千万不要去故意踩，如果是故意踩了，就会把恶鬼带回家，等等。最经典的，也是最传统的一个忠告，就是小孩子不能说谎。小伍叔告诉我，说谎的孩子，夜里睡觉时准要做噩梦。这件事，令我记忆犹新，原因是我在小伍叔面前说过一回谎，确实也为此做过许多噩梦。至今，那个噩梦还在缠绕着我。

那是一个槐花飘香的季节，小伍叔不知从哪里得知槐花籽可以卖钱，他领着我家前屋后，到处找槐树，打槐花籽儿。

说是槐花籽，其实就是尚未绽放的槐花骨朵。小伍叔不知从哪里找来一根长长的竹竿，前头绑一截鸭嘴一样的小树枝，慢慢地从槐树枝间，伸到一束束槐树花后面，轻巧地挟住槐花枝子，手中的竹竿往一个方向用力一拧，就听树枝间"咔吧"一声脆响，一束沉甸甸的槐花籽儿，或是坠落在地面上，或是正衔在竹竿顶端的"鸭嘴"间。赶上槐花坠满枝头时，小伍叔还怂恿我爬到树上去。那样的时刻，一旦被树的主人发现，小伍叔就像兔子一样跑了，我却在树上被人当贼一样地捉住。

不过，捉住也没有关系，小孩子嘛，乡亲乡邻的，大人们怔唬两句也就拉倒了。有时，看你坠在树上不敢下来，大人们还要好言相劝："下来吧，小心一点，别摔着！"

西巷的九奶奶就是那样，她看到我和小伍叔偷她家的槐花籽，老远地颠着一双小脚跑来，一路大声喊呼："又是二园子和小结实吧？看我不打断你们的腿！"可等九奶奶真的走到跟前时，我和小伍叔多数时候都跑远了。有时，我在树上没来得及下来，九奶奶不但不会打断我的腿，她还要递一个高板凳放在树下，哄着我，说："好孩子，听话，你快来吧。"

九奶奶是个孤老太太，小伍叔叫她九婶子，她是小伍叔家的近门。小伍叔上面的几个哥哥，轮番给她挑水、送柴。小伍叔从九奶奶房里出来时，手里经常握着九奶奶给包的一块煎饼。有时，小伍叔手中的煎饼还能让我咬一小口。

但，九奶奶不让我和小伍叔偷她的槐花籽。九奶奶自个也知道槐花籽能卖钱。我和小伍叔去公社供销社收购站卖槐花籽的那个集日，九奶奶把她攒了一小布口袋的槐花籽，交给小伍叔给她代卖。当时，我和小伍叔每

泣血的呼唤

人都攒了一小包晒干、晾透的槐花籽。

当天，卖过槐花籽，我与小伍叔在柜台边分钱时，小伍叔先拿出他的一毛三分钱，然后问我："你是一毛六吧？"

我一愣！心想：小伍叔一定是记错了。但我，顺水推舟说："对，我是一毛六。"

小伍叔点着钱，想给我，又没给。突然间，他好像想起什么，说："噢，不对，你是八分钱，俺九婶才是一毛六分钱，你再好好想想。"

我的脸腾地一下红了！我木呆呆地看着小伍叔，半天没有吱声。

小伍叔提醒我说："你是二斤七两，九婶是五斤二两。"当时，槐花籽三分钱一斤。

我埋下头，不敢与小伍叔对视。

小伍叔也没再说啥，点给我八分钱，没事人一样，说："走，咱们去集上耍吧。"可我哪里还有耍的心思哟！我在小伍叔面前说了谎，小伍叔一定是看不起我了。我们老家有句话，"一岁不成驴，到老驴驹子"。也就是说，一个人，小的时候不成器，长大了也不会有什么大出息。我在小伍叔面前贪财，说谎话，长大了，肯定也不会是什么好人了。

从那以后，我的思想包袱很重，以至于很长时间，甚至是很多年，我在小伍叔跟前始终抬不起头来，我总觉得小伍叔知道我的为人不好了，总觉得他是看不起我的。

然而，当我大学毕业，懂得一些心理学之后，慢慢意识到：当年，小伍叔不该那样引诱我。

那一年，我才十一岁，哪能经得住那样的诱惑？我恨小伍叔，让我在幼小的心灵中，背上了一个沉重的包袱。而且是一背几十年。

推　煤

年关将至，我哥哥的同学捎信来，让去弄点煤。我哥说他不好去，万一给得少，他推个车子去，很难为情。

快过年了，哥高中时同学，捎信让去弄点煤。

哥那同学上船。煤，是他平时运煤打扫船舱攒下的。哥说，他有时也偷一点。

妈让哥推个车子去看看。

哥说他不好去，万一给得少，他推个车子去，很难为情。哥让我去，说我年龄小，跟弄着玩一样就把煤给推来了。要是哥去，还得称斤糖块分给他家小孩。他家小孩挺多的。

哥说他家两、三个小孩，都是女孩。生头一个女孩时，哥让大嫂买了十斤鸡蛋、六斤粉条去看了"月子"。第二个女孩藏着生的，没露面。哥知道了，给买了两身小衣服。俩人高中时处得不错。这些年，当亲戚走动。

哥交待我，见了他同学，叫他过年到俺家玩。

我问："叫他哪天来？"

哥说："让让就行，他不一定真来。"

我说："行！"

哥怕人家来。

那几年，哥嫂和我们住一起，花钱要跟妈要。真要

泣血的呼唤

是同学来了，又是酒、又是烟的。哥怕妈不高兴。

妈呢，也顾忌哥的面子，我推车子要走。妈捧了两捧花生放在准备装煤的篮子里。让我进门时，分给人家孩子香香嘴。

妈说："这可是给你哥脸上好看的，你千万不要偷嘴。"

我嘴上答应，说："行！"可半路上，看那花生在篮子里来回滚，就偷吃了几个，就几个。不过，是双粒的。

那年，我十五岁。

哥那同学见了我，猛吃一惊，说："哟！我两年没见，你长这么高啦！"

我笑。

"你哥呢，怎么没来？"

我说："他有事，他捞不到来，叫我来了。"

这话是哥教我的。

其实，我知道哥怕人家给的煤少不好来，怕来时还要花钱买糖块。

结果，真被哥说对了。人家给的煤，还没装满我带的两个脸盆样大的竹篮子。

哥那同学很会说话，怕我不会推车子，专门给我少装。还说下回叫我哥带两个大篮子去。其实，他家没有多少煤。我扒在放煤的炕洞里看了，几乎都给我装篮子里了。

送我出庄时，哥那同学说："天气不是太好，要不，过一天再走？"

我知道那是客套话，我说："不碍事，下不了雨。"

当时，已经烟雨茫茫了。

早晨出门时，天就阴阴的。我怕下雨，不想来的。

妈硬让来。妈说，年前没有几天了，早点去吧。

妈担心去晚了，人家的煤送了别人。那几年，烧煤凭本供应，可金贵了。

但，妈事先没想到我途中遭雨。

开始，雨不大。刚湿地皮，车轱辘碾过去，后面是一道细长的白道道。等车轱辘上粘挂起树叶乱草时，雨就下大了，车轱辘在地上直打滑，车箱里塞满了泥。我使劲推也推不动。推不动，就停下来找树枝抠车轱辘，可抠过了，走不了几步，车轱辘又不转。实在没办法了，就到附近一家牛屋里去避雨。本想等雨停了再走。可喂牛的那个大爷告诉我，雨停了，路上泥水多，更不好走。那大爷让我第二天早起，趁路上结冻时来推。我想也是这个理，就把车子和煤都放在那牛屋里，空身一人走了。

回到家，妈一愣！问我："煤呢？"

我说："在路上。"

妈吓了一跳，说："叫雨水冲了？！"

我说："放在东庄牛屋里了。"

"你怎么放在那？"

我说："路上滑，车子不好走。"

"你认识人家？"

我说："不认识。"

"那你怎么敢放在那？"

我说："我不放那，我放在哪？！"说这话的时候，我委屈地就要哭了。妈哪里知道，泥地里，为了推那点煤，我就差没给老天跪下了。

妈看我不高兴，也就不再问我。

晚上，我都上床睡了，妈又到我床头问我："你篮子里的煤，做没做个记号？"

泣血的呼唤

我说："做什么记号？"

妈轻叹一声，别过脸去，说："哎！到底是小孩子，什么都不懂！……"

我不懂妈说我不懂什么。

第二天，我领哥去把煤推来，妈指着篮子里的煤，一再让我辨认："你看看，这煤，和昨天相比，少没少？"

套　梨

复读班的学生，偷了老乡的梨子。转天，梨园的老人，给我们送来一大筐个大、皮黄、肉厚、肚儿园的大甜梨。全班同学一下子全都愣住了！

那年秋天，县教育局把当年高考落榜而又有望来年"中举"的考生们，汇集到当年升学率比较高的金山中学，办了一个"复读班"。

我有幸成为那个班的"复读生"。

不能作美的是，我家离金山中学太远，二十多里山路，全凭两条腿一步一步地量。途中，还要趟过两条大沙河，翻过一道山岭。当时，学校课程紧，我不能每天都回家，只能每个星期天的下午回家背一趟煎饼，星期一一大早，再披星戴月返回学校读早自习。期间，六天半的时间，要在学校度过。而且，顿顿饭都是吃煎饼、就咸菜、喝学校免费供给的白开水。准确地说，每周的星期一、二，吃得要相对好一些。因为，刚刚从家里来，母亲总要炒点熟菜给我带上，可等到星期三、四，尤其是到了周五、周六，只能愁眉苦脸地啃那"摇头饼"了。

我说的"摇头饼"，就是地瓜煎饼，吃多了肠胃上火、口齿生疮，连吃几天，胃里直翻酸水，让你一点食欲都没有。

好在，当时求学心切，谁也没有去在乎吃的好坏。每顿饭，能填饱肚子就可以了。可那时间，我们刚好十七、八岁，个个都是长身体的时候，每天吃不到蔬菜、见不着油星，几天下来，校园里的青树叶都想咬一口。

忽一日，大家发现与我们教室一墙之隔的果园里，梨子长大了。便有人跃跃欲试——想偷梨子。

可我们教室与果园相隔数米，尤其是中间还隔着一道高高的围墙，如何才能摘到梨子呢？大家群策群力，很快有了主意！与我同桌的王家明把他的蚊帐竿拆下一根，前头用铁丝拧上一个圈儿，圈的底部用塑料布缠上一个小兜儿，偷梨的工具就大功告成了。中午，我和王家明，还有几个想吃梨子的同学，趁老师午睡时，悄悄推开教室的后窗，将前头带着"圈套"的竹竿，慢慢地伸向梨树丛中，专拣个儿大的梨子收进"套中"，然后，左右一拧，或猛地往后一拽，一只大大的梨子就被"套"下来了。

刚开始，我们按照参加"套梨"的人头数，每人一只梨子，就草草收兵。可两三天过后，大家担心事情败露，不敢在一棵梨树上下套，甚至不敢多套，生怕看梨园的那个大爷看出破绽，找到学校来。所以，每回套下一只梨子，那怕套下一只尚未熟透的梨子，三五个同学围在一起，你咬一口，他咬一口，解解馋，也就罢了。

尽管如此，我们的"套梨"行为，还是被梨园里那个大爷发现了。

泣血的呼唤

　　印象中，那天上午，班主任老师正给我们上数学课，教室的门突然被"咣"地一声推开了。

　　刹那间，教室里所有人的目光，齐刷刷地汇集到门口那个看梨树的大爷身上。只见他头戴一顶黑色的破毡帽，灰乎乎的外衣上，系着一根毛扎扎的草绳子，一步跨进我们教室，满脸怒色地指着后窗外的梨园，吼道："谁偷我的梨子啦？嗯！"

　　教室里，顿时一片鸦雀无声。

　　难堪的沉默中，我和王家明，还有几个偷梨子的同学都不敢与老人对视。但我们谁也不敢在那一刻承认偷吃了老人的梨子。我们低头不语，老人在教室门口乱骂一通，愤愤然的样子离去了。

　　之后，当天的数学课，改成了"政治课"，班主任老师说我们能在此复读，都是来年有希望的学生，将来都是国家的栋梁，怎么能随意去偷老乡的梨子呢？等等。末了，班主任责成班长，让偷梨子的同学，自觉把以前所偷的梨子，折成钱，给那个大爷送去。

　　当晚，我和王家明，还有其他几个偷梨子的同学合计了一下，把身上为数不多的、准备买学习资料的钱凑给了班长，请班长替我们负荆请罪。

　　原认为事情就那样结束了，没料到，第二天上午，梨园里的那个大爷又来了。

　　这一次，他不是来训斥我们偷他梨子的，而是挎来满满的一筐个大、皮黄、肉厚、肚儿圆的大甜梨，往我们教室一放，说："这才是熟透的梨子，你们吃吧！"

　　说完，老人转身走了。

　　教室里，一阵沉默之后，站在讲台上的班主任老师，最先发现梨筐上压着一个纸包，打开一看，老师半天没有吭声。但，坐在前排的同学都看到了，那是昨晚我们几个人凑给老人的一包零碎钱，他又如数退还了。

儿子来信

儿子辍学去打工，半年后寄来一张汇款，盼信心切的父母，误认为那是儿子来信了，让读信的人，一遍又一遍地读汇款单那几行字，最终，做娘的眼泪流下来了。

离城八十里，是片青黛幽幽的山区。有数的几十户人家，散住在坳内一条二里多长的山溪两岸。坳内长满了树，溪水从房屋和树根旁流过。景致是很美的！

乡邮电所的小邮递员，骑辆半新的"飞鸽"车，每天午后进山来，送来外面大世界对小村人的无限关怀和问候。

小村里人不忍心远道而来的小邮递员，再挨家挨户送信件，自发地选村部为集邮点。于是，每天午后或傍晚，小村的广播喇叭里，准要喊呼张三、王五带上私章或证件到村部来。

"曹亮！"

今日里的这声呼唤，对期待中的曹亮大叔来说，如同久旱的庄稼喜逢骤雨。老人扔下正切猪草的菜刀，抓过一旁小树权上的旧衣衫，边伸袖子，边往大门外走。已经走出大门了，他又踅回头，扯开嗓子冲屋里喊："贵——他——娘——，俺贵子来——信——啦——！"

喊了一声，没等屋里的女人照面儿，曹亮大叔便乐颠颠地奔村部去了。

泣血的呼唤

　　小贵子开春时退了学，抹着泪水跟山后的基建队去了大庆。他们在那里建大楼，干得很红火。曹大叔是找了个熟人才把小贵子带上的。临行前，曹大叔挂念儿子头一回出远门，千叮咛万嘱咐，让他常写信来。可是，从春等到夏，从夏盼到秋，一等就是小半年。

　　"这个小兔崽子，怎么到现在才来信！？"曹亮大叔为盼儿子的信，心里边早就油煎火燎的啦！

　　现在信取在手中，曹亮大叔还一路骂着。但他脸上的喜悦，是无论如何也掩饰不住的。

　　同样是盼信心切的老伴儿，没等老头子取信进家，就喊来了东巷的四运儿。

　　四运儿原先和小贵子一个班。眼下，正在山嘴口中学读初三。小村里，一块上学的十几个，能坚持从山坳小学读到山嘴口联中的，就还剩四运儿一个。

　　"你贵子哥来信啦！"

　　这话，曹大妈不止说了一遍了。现在信就在四运儿的手中，曹大妈按捺不住内心的喜悦，把话重一遍，又重一遍。

　　四运儿坐在曹大妈用袖子抹过的板凳上，慢慢打开信，读道——

　　　　父母大人：

　　　　随信寄去 2000 元钱，望查收！

　　曹亮大叔还盼下文，可四运儿把信纸一卷，说："就这个！"

　　"就这个？！"曹亮大叔瞪大两眼，显然是有些不相信。

　　"告诉你后边有钱寄来，这两天，你就注意听广播吧！"四运儿把信上的意思又重复一遍，递过信纸，起身要走。

曹亮大叔拦住他，把信又递过来，说："你再细看看！"

四运儿说："就告诉寄钱的事，别的什么都没说。"

"你再细看看！"曹大叔一面说，一面关照老伴，"给四运儿洗几个枣儿，拣大个儿的。"

四运儿受宠若惊！但他还是把信接过来。这一回，他读得格外认真。

忽而，四运儿读不下去了，他愣愣地看着曹大妈。那个刚才还笑逐颜开的女人，这会儿，抄起衣襟，抽抽搭搭地哭开了。

"你！你这是干什么？"

曹大叔喊呼眼前的女人。

哪知，女人自有女人的道理。

曹大妈说："俺贵子才出去几天呀，就挣来这么多钱，一准是在外面干着牛马样的活儿！"

这一说，曹大叔也有些心酸了。他示意四运儿别念了。

转天黄昏，曹大叔正和老伴在牛棚里铡草。大喇叭里喊去取钱。老两口好像谁也没有听见，仍然一个按铡，一个进草。许久，铡草声没断……

拔　牙

老汉把线绳系在摇摇欲坠的牙上，上下左右不敢用劲儿。后来，是一只鸡飞过抢食吃绊着了老汉手中的线绳，老汉那牙，不知不觉拔下来了。

泣血的呼唤

王家沟的王老六，是个出了名的吝啬鬼，人送外号"老抠门"。前几年，庄户人家日子紧把，你抠门就抠门吧，可现如今家里吃的用的都有了，他还是改不了那抠门的习惯。就说其牙疼一事，到医院牙科去看看就是了。可他舍不得花钱，整天在家瞎抠乱挖。

这一天一早，王老六又蹲在门旁"呸！呸！"乱吐的时候，女人就知道他的牙痛病又犯了，头都没抬一抬，只管埋头坐在门口拣簸箕里的米。

一群鸡，高昂着脖子，探头探脑地盯着女人簸箕里"哗！哗！"乱响的米，眼馋得咕咕怪叫。女人"殴失！殴失！"地喊呼。那鸡们"扑棱！扑棱！"闪开。但，很快又围拢过来。有几只胆小的不敢靠前，便围在王老六这边，寻找地上的口水吃。

王老六呢，两根指头，斜插进高昂起的口中，似乎是找到了那颗坏牙，想用力拔下来。但他不敢用劲，太疼！

"呸！"老六看到他吐出的口水中，略带丝丝血迹，知道什么地方又被他抠破。尽管这样，可他还是想抠。还是想把那颗坏牙拽掉！不抠不行呀，老是疼痛难耐。

俗话说，牙痛不是个病，疼起来要人命。王老六可被那可坏牙折腾坏了！他试着把那颗牙拔掉，即使疼痛，也就是一阵子的事。否则，整天不敢嚼硬东西，那滋味，更难受。

为了那颗坏牙，前两天他疼极了，在女人的劝说下，王老六到乡里卫生院去了一趟，花了两块毛钱挂了一个号，原认为可以拔牙了。等人家开出单子，让他去交五十块钱押金再来拔牙时，他思谋了半天，把那单子揉了揉扔了。心想，有二十块钱，留着开春时买包化肥追在麦田里多好。

往回走的路上，王老六心里一直犯嘀咕，什么事呀，拔一颗牙要那么多钱，去他娘个蛋的！

王老六想忍忍过去算了，没想到，这两天那牙又发炎了，王老六怀是被自己抠破的地方引起的，夜里疼得他翻来复去睡不好觉。女人让他再去卫生院。王老六死活不听女人的话。女人说："牙疼虽不是个病，疼起来要人命！这都在了古语的，你还是花几个钱去拔了吧。"

王老六不去。王老六嘴上说，他怕拔牙时，那些钳子、刀子。其实，他还是舍不得花那五十块钱。王老六想，不就是拔个牙吗。拔就是了，还能怎样疼！乡下人，娇贵个屁哟，什么苦头没吃过，还在乎牙疼这点小事情。可他没想到，真要动手拔时，那牙怎么钻心窝子一样疼！

王老六琢磨是手指头太滑了，用不上劲。他想，是不是该找根细细线绳拽住那牙。于是，老六就手从檐下的辣椒串上，拽下一根细麻劈，理直了在舌尖上湿湿，便打一个拴牛扣，用指尖挑着伸进口中，三扣两扣，还真叫他套住了。刚一用力拽，不行，疼得受不了！连试了几次，还是太疼。末了，他只好又把线绳又松开。这可怎么办？再想解下那线绳，还无法下手哩！"它娘的，一不做，二不休，拔！"老六痛下决心，要拔下那牙。

接下来，老六高昂着脸，紧扯住那线绳，不断地用力拽。可说不清是手随头动，还是头跟手移。总之，头抬起来，手也跟上来；手拽下去，头也跟着垂下去……折腾了好长一阵子，那牙，还是没有拔下来。

王老六急出了一头汗。他反复变换着线绳的用力角度，以至后来扯紧了线绳不再松开。恰在这时，女人簸箕里的米拣好了，随着一声"殴——失！"，女人端着拣好的米站起身。

一时间，惊得她跟前的鸡们，四处逃窜。其中，有只鸡正冲着王老六飞来，眼看就要落到王老六的脸上，王老六本能地一抬胳膊拦挡。还好，鸡是挡到一边了，可那拽牙的麻线绳呢？

仔细寻找，王老六发现那线绳系着他那颗黄乎乎的豁牙，正绊在鸡腿上，一摇一摇。当下，王老六乐了。心想，幸亏没听女人的话，这不，眨眼的功夫，五十块钱就省下了。

村路像条河

村路坑凹不平，雨天自然就变成了街溪，它流淌着孩子们童年的欢乐，也流淌着我故乡的情结。

小村里，唯一的一条街，极其委屈地镶嵌在街口那些低矮的草垛、猪圈、房舍间，如同一条东拉西扯的陈年绸缎，无可奈何而又万般柔情地由西向东延伸着。雨天里，那条看似坑凹不平的小街，陡然间还会变成一条欢快、流畅的河。淙淙流淌的街溪，随雨量的大小而变化。雨停了，潺潺的街溪还要缠缠绵绵地流淌上一阵子，我与六爷爷家的小筷叔就喜欢在那样的街溪里筑堤拦坝玩。

小筷叔，小名小筷子。他比我大两岁。小时候，我们见天在一起捉蜻蜓、扑蚂蚱、玩沟泥，以至后来稍大一点了，拾草、铲青、到村东的河汊子里摸鱼、捞虾、扑捉海狗鱼儿什么的我们都在一块儿。

小筷叔个头不高，脸盘子挺大，笑起来，老远就能看到他唇齿间的两颗大板牙。乍一看，还认为他是个豁牙子。其实，他就是那样的宽牙缝儿。

小筷叔没上几天学，十几岁时，就在生产队里喂猪、使牛。后来，我到外地读书期间，他娶了一个异乡女人，给他生下一个男孩后，人家嫌他家里太穷，跑了。之后，小筷叔就带着那个男孩与他父母一起生活。

眼下，小筷叔有四十出头岁，可看上去就跟个小老头似的，走道弓着腰、筐着腿，两只布满老茧的大手，如同两把小蒲扇似的，在屁股后头一扇乎、一扇乎。

我大学毕业，在城里有了小家之后，每次回乡下见到他时，老远就跟他打招呼。较童年有所不同的是，此时，我不再喊他"小筷子"，而是要正儿巴经地叫他叔。

小筷叔见我很亲热，每次都让我到他家里耍耍。有时，还要给我一些地瓜、黄豆什么的，让我带到城里吃。只可惜，我在外面工作之后，很少回乡下老家了，尤其是父母去世后，我回乡下的次数少之又少。

去年，哥嫂在村东包了养猪场，手头经济宽裕了，一再捎信让我回老家过年。

年初一的早晨，我到一个本家哥哥家去拜年，小筷叔正在人家的猪圈里查看一头母猪是否需要打栏。

我叫他一声叔，跟他打趣说："大过年的，你扒人家母猪腚干什么？"

那时间，小筷叔正拽住母猪的尾巴左右躲闪，母猪"噢噢"地叫！小筷叔回头看到我时，挺亲切地骂我一句，消扁我说："茄，你在城里就知道吃猪肉，只怕是不知道小猪是从哪里来的。"小筷叔从猪圈里出来后，很牛皮地告诉我本家哥哥，说："下午，你带它去打栏吧！"

打栏，就是给母猪配种。

本家哥哥递给小筷叔一支烟，问："行吗？"

泣血的呼唤

小筷叔狠劲儿吸口烟，更加牛皮地说："行！"

随后，小筷叔转过脸来，问我家属和小孩来了没有？我说，家属和小孩怕乡下太冷，没来，就我一个人回来了。

小筷叔瞭我一眼，说："茄，带她们娘俩回老家耍耍呀！"那语气，显然是说我没把爱人、孩子带回来过年是不对的。

我笑，没再说啥，就那么和小筷叔靠得很近地站着，小筷叔问我在家过几天，在外面做了什么大干部，具体还问到我一个月拿多少钱工资。

之后，我们回到屋里，本家哥哥让我坐在炕沿上，小筷叔蹲在炕前一条窄窄长长的板凳上，一起说了一些我小时候在家调皮捣蛋的事。期间，小筷叔摸着他的脑门子，叫着我的小名，问我："二园子，你说我老是头晕，是怎么回事？"

我定睛一看，小筷叔黄黄的一张脸，只有腮帮骨那儿有一点点血丝，而且每一根血丝都清晰可辨。我似乎觉得他整个面庞，如同一只冻透了的柿子，显然是营养不良的症状，我顺口而出："你多吃点好的！"

话已出口，我又觉不妥，小筷叔光棍一个，还带着一个正需要花钱的孩子和年近八旬的父母生活在一起，每年只靠田里的粮食，换几个油盐酱醋钱，可谓上有老，下有小，手头不会太宽裕，何谈吃什么营养的好东西呢。

但，小筷叔告诉我，说他吃得不孬。小筷叔说，眼下不是过去受穷的时候了，连煎饼、稀饭都吃不成溜儿。现如今，家里的粮食吃不完。

我心想，光靠吃粮食哪行呀？城里人，鸡鸭鱼肉换着口味吃，还要补充些含铁、含钙的水果、高蛋白的牛奶之类的东西。小筷叔自然不会知道这些，我也不好跟他细说吃什么营养的东西，但此时，我默默地从怀里掏出钱包，摸出两张钱递给他。

刹那间，小筷叔很是生气地样子，用胳膊肘儿猛挡一下，说："二园子，你这是干什么！"可当我硬要给他时，他也没再推辞。但他连声说："你看看，你看看，我还使俺侄子的钱。"

我说："没有多，拿着吧。"

本家哥哥也说："你侄子给你钱，你就花呗！"

小筷叔没再说啥。但，此后，小筷叔突然话少了。接下来，我和本家哥哥又谈论别的事，小筷叔都没有插嘴。后来，我起身告辞时，小筷叔默默地送我到小巷口，站在小时候我们一起筑堤拦坝玩的小街上，目送我走出很远，很远。

转过年，我有事再次回乡下，见到小筷叔时，我仍然很亲热地同他打招呼，小筷叔却木木讷讷的样子远远地冲我笑笑。之后，趁我不注意，他便闪身走开了。

六根胡萝卜

恢复高考的第二年。生产队只分给我们家 42 斤小麦，160 斤稻谷。父亲挑着 118 斤地瓜干，在公社粮管所，给我兑换了 36 斤全国粮票。而那年寒冬，全家人只能靠糠菜度日月。

晚上，我都洗脚上床了，又想给家里人写封信。

想家，是一个方面。主要是肚子饿得咕咕的，想写信跟父亲说说，再给我寄点粮票。

入学前，父亲挑118斤地瓜干，在公社粮管所，给我兑换了36斤全国粮票。

按规定，那年，每个考到外省的大中专学生，凭入学通知书，只能到当地粮食部门兑换30斤全国粮票。父亲是了托熟人，才给我多换了6斤。

父亲知道我饭量大，正长个儿。

我在县中复读的一年里，父亲每个星期六下午，都要往返七十多里山路，去给我送煎饼。他怕我吃不饱，总叮嘱我就着开水多吃煎饼，少吃咸菜。

父亲没想到我能考到京城里读书。

接到通知的那天上午，父亲正在西河洼锄玉米，小妹跑去告诉他，说我接到大学的通知了，父亲半天没反应过来。等小妹跑过去夺他手中的锄头时，才发现眼前玉米，被父亲锄倒了一片。

父亲是抹着泪水，接受了我考上大学这个事实的。

送我上路的那天早晨，父亲给我扛着行理，塞给我几盒纸烟，让我分给沿街的叔叔大爷们抽。

那时刻，父亲满脸都是喜悦！

出了村，父亲把我手中装脸盆、毛巾的网兜也要过去，拎在他的手中。父亲说我要走很远的路，让我先歇着。

父亲叮嘱我："要常给家里打信。"

我说："行！"

"要专心钻书本。"

我紧咬着嘴唇，没有吱声。

"不要心疼粮票……"

父亲说，在家千日好，出门一日难呀。让我不要饿着肚子。父亲说西巷二华他三舅有个表姨夫还是表叔，在月家沟粮站，找到他可以兑换到全国粮票。父亲让我先到学校看看，要是学校的饭食不够吃，及时给家里写信。父亲说他会想到办法的。

我听父亲的话，给父亲写信了。

我跟父亲说，学校的粮食确实不够吃，每月只给28斤粮。早晨，一两稀饭，一个馒头，吃到肚里，半饱不饱的，挨不到中午就饿得浑身直冒虚汗。晚上，还是一个馒头，一两稀饭，晚自习结束后，总想吃东西。有时，半夜里饿醒了，起来尽喝开水，也不顶事。

父亲接到信，很快寄来粮票。让我务必吃饱了再念书。父亲说，妈妈听了我写的信，都抹过几回泪水了！

我后悔，不该把什么都告诉家里人。可不那样，又怎么好跟家里要粮票呢。

还好，有了粮票，我每天早晚，各加一个馒头。那样，就不冒虚汗，不需猛劲儿喝开水了。

这以后，父亲隔三岔五的，就给我寄些粮票来。虽说每回寄来的不是太多。但能保证我加餐不挨饿。

这期间，父亲还写信嘱咐我，如果，早晚各加一个馒头不够的话，让我再加一个。父亲说，当年的新米快下来了，到时，再换些粮票寄来。

我按父亲说的做，真的又加餐了。

因为，父亲不断地给我寄粮票。

寒假，我背着好些书本回家看望爹妈。

走进村，已是掌灯时分，家家户户正吃晚饭。小妹可能猜到我那几日要回来，村头小桥上迎见我时，她很高兴，我却大吃一惊！

我看小妹的脸瘦了，也黄了。问她："你怎么又瘦又黄？"

泣血的呼唤

　　小妹不高兴，白我一眼，说："你瞎说什么呀，哥！"

　　我说："你比我走时瘦多了！"

　　小妹不吱声。

　　我们并肩往家走。

　　进门，爹妈正坐在昏黄的灯光下，围着一只瓷盆吃胡萝卜。

　　我心里为之一怔！

　　心想，再过几天，就是农历大年了，家里人怎么只吃胡萝卜。我默不作声地搬个马扎坐在桌头。半晌，才压低嗓音问父亲："晚饭，就吃这个？"

　　父亲不语，抓过一只空碗，在盆里挑了六根大个儿的胡萝卜递给我，说："先吃几个垫垫，回头，让你妈给你重做。"随拐过脸，口中随之响起"咕吱、咕吱"地磋嚼声。

　　听到父亲口中响声，我知道那胡萝卜，一准是入冬后都冻透了，既使是煮熟了，也很难嚼烂。可父亲却吃得狼吞虎咽。

　　这时候，我留意到灯光中爹妈的脸色，和小妹一样腊黄，稍瘦。

　　当下，我似乎意识到什么，转过脸来，问一旁的小妹："家里每天都吃这个？"

　　小妹不语。

　　好半天，小妹才说，家里的粮食，父亲全都托人兑换了粮票……

　　那一年，是恢复高考的第二年。生产队只分给我们家 42 斤小麦，160 斤稻谷。

　　我默默地看着桌前的爹妈和小妹，半天含泪无语。末了，拿起一根胡萝卜，一口还没有咬下，两行热泪却止也止不住滚下来……

卖豆腐的男孩

无意中，忘记把手中的钱付给那个卖豆腐的男孩。岂不知，给他酿成了一场灾难。20 多年过去了，主人公的脑海里，时常会涌现出当时的情景。

我小的时候，家里穷，逢年过节，都很难吃到一顿丰盛的肉菜。偶尔，大人们能割点豆腐，或是买根香果子（油条）给我们小孩子香香嘴，就算不错了。可与我们家一墙之隔的愣大成，却经常买豆腐吃。

愣大成是个光棍，五十多岁的人啦，整天跟个孩子似的，傻乎乎的就知道个吃。按辈份我得叫他大伯，可我很少叫他大伯，背地里我都叫他愣子，或叫他大成、愣大成。因为他嘴馋、好吃，很多小商贩挑着担子走到他门口时，总要多喊呼几声。

有天早晨，我们一家人正围着桌子上的一个空菜盘子喝稀糊糊，愣大成门口又传来了热豆腐的喊呼声。那都是外村里来卖豆腐的，要收现钱或拿黄豆换。我们本村也有做豆腐卖的，可都不在本村卖，怕赊账，赔不起本钱。我对那天早晨喊热豆腐的声音，至今记忆忧新！那是个孩子的噪音，尖尖细细的，喊出来的腔调是这样的：

"热豆腐唻！——"

"吃热豆腐噢！——"

我被那喊声所诱惑，两眼扑闪扑闪地直往妈妈的脸上看。妈妈不知怎么发了善心，轻叹一声，从兜里摸出一张皱皱巴巴的毛票子（一毛钱），让我去割点豆腐解解馋。

泣血的呼唤

我喜得一蹦三尺高，扔下手中正喝着的糊糊碗，抓过桌子上刚才用来放减菜的那个空盘子，一溜烟儿地跑出了家院，找到愣大成门口，只见愣大成正一手端着个牛眼样大小的小瓢，一手捏着瓢里有数的几个金灿灿的黄豆籽，跟一个瘦筋筋的，约莫有十二、三岁的男孩搬秤星。

那男孩说话声音很小，愣大成的嗓门却很高。我过去秤豆腐时，那男孩正鼓着嘴，满脸不高兴！可能是愣大成少给了他黄豆，或是多要了那个男孩的豆腐。

我看愣大成美滋滋的端着豆腐，回到他那间小黑屋，就告诉那个卖豆腐的男孩，说大成不讲理，抠门！反正都是些讨好那个男孩的话。目的是想让那个男孩给我秤豆腐时秤好一点。

这期间，陆续又围过来几个换豆腐、买豆腐的，我端着那个男孩给我秤好的一块白生生的豆腐，急不可待地一路跑回家。

回头，我坐在桌前吃豆腐时，就听那个卖豆腐的男孩，在院墙外面大声喊呼：

"谁买豆腐没给俺钱！"

当时，我还认为又有谁像愣大成那样，跟那个男孩赖账呢？可等我吃过早饭，背着书包上学时，半道上往裤兜里一摸，这才想起，我早晨买豆腐时，只想着快点回家吃豆腐，忘了给那个男孩付钱了。可那时间，那个卖豆腐的男孩早就走远了。

我拿着那一毛钱，一时间产生了很多种想法。其中，最不好的一个想是：这钱，我不给那个男孩了，也就是不认账了！如果那男孩以后认出我没给他付豆腐钱时，我就一口咬定说给他了。

有了这样的想法，那一毛钱当天就被我花了两分，买了糖块甜在嘴里了。还剩下八分钱，我藏在席底下的草窝里，没让大人知道。但，这期间，我很担心那个卖豆腐的男孩，会在街上认出我来。我心事重重地躲避了两三天。还好，那两三天里，我始终没见到，也没听到那个男孩的叫卖声。

可有天早晨，我在上学的途中，路过西街口那儿，看一个卖豆腐的妇女，正哭眼抹泪的跟一帮街邻的婶子、大娘们诉说什么。我处于好奇，走到跟前一听，原来，这妇女是西庄上的，是那个卖豆腐的男孩的妈妈。

那妇女说，前两天，他儿子来卖豆腐，也不知哪个没良心的，买了豆腐没给钱。儿子回家跟他爹一说，他爹性情爆燥，开口就骂儿子是个窝囊废，上去一巴掌！也不知他爹下手打重了，还是打到孩子不该打的地方了，可怜她那儿子，当场就鼻口窜血，至今还昏迷在床上。

我听那个坏消息，就像个刚刚偷过人家钱包的贼人一样，立马调头走开了。

接下来，一连好几天，我不敢听街上喊叫卖豆腐的声音，我怕那家卖豆腐的大人，还有那个被他爹打得不知病得怎么样的男孩，会找上门来！

大约半月后的一个星期天上午，我和村里的小伙伴在西岭上割牛草，快晌午的时候，西庄上忽而走出一串吹吹打打的送葬队伍，我当时吓坏了！左想右想：一准是那个卖豆腐的小男孩死了！

我独自趴在后山坡一块大石头后面，远远的看到那些送葬的人，堆好了新坟远去了，我才壮起胆子，跑到新坟上去看了花圈，得知死者不是那个男孩时，我的泪水扑扑地滚下来，我说不清那是我忏悔的泪水，还是我庆幸的泪水。

总之，那是我为那个男孩流的泪水！

如今，20多年过去了，我一想起那段受穷的岁月，脑海里立马就会涌现出那个卖豆腐的男孩。

我不知道他以后生活得怎样？

但愿他被爹打过后，很快康复了。而且，如今生活得比我更美好！

染 布

生意人，为挣几毛钱，竟然给一个孩子留下了一生不美好的回忆。当然，这件事，对那个染布的生意人来说，也是一生的愧疚。

染布，是一种职业。

但，在我童年的记忆中，染布的是指一个人。那个人，个子高高的，黑黑的弯脸堂，一年四季，指甲里总是潜藏着灰乎乎的颜料色，肩上斜背一个布搭子，时常是人没进村，吆喝声先到了："染布，噢！——"

那声音拖得长长的，怪怪的，尤其是音调滑到那个"噢"字上的时候，忽而高上去，忽而又滑下来。整个吆喝的过程，如同一个牙口不好的老太太极有耐心地撕咬一块牛板筋一样，很筋道。

他的家住在我们村前面的小庄上，我父亲跟他很熟，村里面好多大人跟他都很熟。用我爷爷的话说："前庄后团的，谁还不认识谁呢！"

但，我们小孩子不认识他，他也不认识我们是谁家的小孩子。我们小孩子就知道他是个染布的。

小村里，哪家集上买来白粗布，急需要染了做寒衣，或是哪家爱美的新媳妇、大姑娘想把自己穿过的浅色衣服变个颜色，翻翻"新"，一听到那染布的吆喝声，立马就会跑出来，喊住那染布的；腿脚不好的老奶奶们，家院里听到那染布的喊呼声，去屋里翻找布料的空当，怕那染布的走远了，总会让顽皮的孩子们前去打头阵，喊住那染布的。甚至是把那染布的直接叫到自家院里来。

那样的时刻，左邻右居的婶子大娘们，全都围拢过来，帮助要染布的人家出主意。最主要的讨价还价儿。那个年代，好多人家，肚皮都填不饱，自然不会花更多的钱去染一块布料。

我之所以能记住那个染布的，是因为我上小学五年级的时候，私自做主，从那染布的手中染过一条围巾。

那围巾，一半咖啡色，一半羊肚白。围巾的质的软软绵绵，现在想来，应该是纯羊毛的，是我父亲一个朋友送给他的。

当时，我父亲在我们邻近的公社党委当干部，他身上穿的、用的，都和我们村里的叔叔、大伯们不一样。所以，那条围巾，也应该是那个时代很时髦的稀罕物儿。每逢冬季，父亲围上它出门远行时，既能遮风挡寒，又能缠在嘴边当口罩，蛮洋气的。

我很眼馋父亲的那条围巾，选在那年秋凉乍寒的时节，悄悄从衣裳柜里翻出来，自个围上了。

父亲在一天晚上回来时，看到我脖子上围了他的围巾，很吃惊的样子看了我两眼，但并没有说我什么。晚上，临睡觉时，我听父亲跟我娘啦呱，说："你怎么把那围巾给了二子？"

我娘给我挡驾说："小孩子长大了，知道爱美了，让他围几天吧。"

父亲没再说啥。

第二天，父亲上路时，也没有急着要回他的围巾，我便更加得意地围在脖子上了。

大约半月过后，我感觉那围巾除了白色，就是咖啡色，太单调了，我盼望再多几个颜色该多好呀！恰好那一天，染布的来到我们村里，我突发奇想，要把那围巾染成黑的或蓝的。我觉得若是把那围巾染成黑的或蓝的，围在脖子上更显眼，更好看！小朋友们没准还认为我又多了一条围巾呢。

于是，我从家里偷了两毛钱，在小街西头追上那个染布的，问他两毛钱染一条围巾行不行？

那染布的，木呆呆地看了我两眼，说："行。"

他问我染什么颜色？

我看着他布搭子上染好的颜色"标本"，指着其中一个蓝布条，说："就是这种颜色。"

那个染布的默默地接过我手中的两毛钱，要过围巾，让我一集后，等他。

一集，就是五天。

五天后，那个染布的果然如期而至，不过，这一回，他离我们家很远的地方就大声吆喝开了："染布，噢！——"

我一听到他的吆喝声，就知道我的围巾染好了。

然而，令我没有料到的是，当我把那条染好的围巾拿回家时，我娘一看就火了，点着我的脑门子，责问我："谁让你染的？"

随后，我娘让我爷爷拿着那围巾去找那染布的，问

随笔随语

他"小孩子不懂事，他四五十的人啦，难道也不懂事？就为了赚小孩子两毛钱，一个大男人，连良心都不要了？！"我爷爷追出去很远，与那染布的具体说了什么，我不知道。这以后，那染布的，知道我是谁家的孩子了，好多次在路上与我父亲走对面，他都故意绕开了。

至于那条围巾，染过之后，老气横秋了，父亲不围了，我们小孩子更不能围了，干脆给我爷爷做了扎腰带。

第二辑　人与自然

人与自然，是一幅其美无比的画。

世间万物，皆有其生存的空间。弱肉强食，蚁穴溃堤，完全是动物的本能，可它往往与人类的意愿相违背，这便有了许多凄美、传奇、甚至是妖魔鬼怪所演绎的离奇故事。

无言的骡子

骡子的一条后腿断了。但，骡子无言，骡子只怕辜负了主人的期望。所以，它在主人的鞭打下，仍然把头戳在地上，一点一点地往前爬。

冬日黄昏，太阳像个霜打的柿子，软蔫蔫地落下了。可那时辰，万顺大叔正起劲地赶着他的骡子，从村东的水泥制板场又拉来满当当的一车水泥板子，精神抖擞地奔着这边公路来了。他的儿子，一个长出小黑胡子、个头比万顺大叔还要高出一头的大小伙子，这阵子，可能还在为刚才与父亲的争执而不快，他远远地跟在后面，好像前面的车和车上的水泥板子，与他无关。

万顺大叔看儿子那副熊样，不想搭理他。万顺大叔想拉完这一趟，返回来再跑一趟。可儿子不那样想，儿子想拉完这一趟，就收工回家。晚饭后，他和西巷的三华子约好，要去城关找他们朋友玩。

可父亲不让，父亲说："今晚得把九更家的楼板送齐了。"

儿子说："明天再送不行吗？"

父亲说："明天还有吉庆家的、小套家的等着哩！"

小村腊月，外出打工的人都回来了，好多人家都选这个时候盖新房。万顺大叔为了揽下这送楼板的差使，专门在水泥制板场请了酒席。这阵子正忙得不可开交，他巴不得眼前的骡子能变成一匹马，一匹能多拉快跑的骏马才好哩！可他那个不争气的儿子正好与老子的想法相反。那小兔崽子，从小到大，一天力气活没干过，整天当个宝贝一样疼着他，惯着他，把他惯坏了！而今，干什么都没有长进，见天就知道和三华子伙在一起四处疯玩。

万顺大叔不想跟他罗嗦，套上骡子，如同身边没有那个儿子一样，愤愤然地赶着车，前头走了。儿子看父亲拿他无所谓，他本不想跟父亲走，可也不敢离去，就那么很无奈的样子，跟在父亲后面，如同没事人似的。

眼看，前面就是村路与公路的交叉口。那儿，有一个看似很不起眼的陡坡。但，装满水泥板子的骡子车爬上去很不容易，尤其是公路上浇灌了水泥板道以后，明显高于那条横向而来的乡间土道。

好在，万顺大叔的骡子爬过这个陡坡，知道在什么时候加劲，什么时候瞪起眼来爬坡。万顺大叔也相信他这老伙计有那个能耐。但他，在骡子加速的那一刻，还是下意识地回头瞥了儿子一眼，万顺大叔想让儿子快点赶过来，在后面用力推一把，看儿子那副酸巴拉儿的熊样，万顺大叔气不打一处来！他一咬牙，扬起鞭子，"嘎嘎"两声空响，给了骡子一个爬坡的信号，那骡子立马竖起耳朵，蹄下生风，扬起一片烟尘。万顺大叔在那烟尘中，随之弓下腰，一把拽住驴车左边的护栏，瞪圆了眼睛，与骡子奋力冲向陡坡！

万顺大叔想在儿子面前显显他的能耐！他想恫告儿子：你个小兔崽子，少在老子面前要横，老子没有你来做帮手，照样能把这车水泥板子拉上坡去。往常，儿子不在的时候，万顺大叔与他的骡子确实那样爬过。

可今天，那骡子跟万顺大叔跑了一整天。一天中，每一车的水泥板子都装成小山一般高。这会儿，那骡子可能是体力不支了，万顺大叔抓住护栏的那只胳膊已经帮骡子下足了力气！可那骡子，偏偏在前蹄踏上公路的一刹那，打了一个前踢，就听"可嚓"一声脆响，双膝跪地了。随之，车上的水泥板子往前一倾，当即把骡子压趴在地上了。

万顺大叔扬起鞭子，想让骡子站起来，快站起来！万顺大叔猛抽了骡子一鞭，声嘶力竭地大声高喊："驾，驾！"

走在后面的儿子，看到前面发生了意外，一个箭步蹿上来，跳到车子的尾部，想以他人体的重量，来平衡骡子背上的压力，企图帮父亲，或者说是帮骡子重新站起来。

父亲看到儿子的举动，心中虽有些暖意，可他仍旧面无表情。但，接下来，父子俩配合得十分默契，就在儿子纵身跳上水泥板车的一刹那，万顺大叔"叭"地一声鞭响，正抽在骡子的脖子上，给了骡子一个死命令，让它站起来！

骡子极有灵性，随之划动四蹄，想站起来，但它并没能站起来。

这期间，万顺大叔又是重重一鞭，这一鞭，狠狠地抽在骡子的耳根部，这对于骡子来说，是无情的抽打，是凄惨的抽打！与此同时，就看那骡子瞪直了眼睛，从肚皮底下伸出一条后腿，划动了一下，没有找到支撑点，但它的两条前腿却神奇般地支撑起来，随之另一条后腿也颤悠悠地支撑住了。可，就在万顺大叔拽紧了缰绳，强迫骡子往前迈步时，就听"扑通"一声响，骡子再次重重地倒下了。

万顺大叔扬起鞭子，还想抽打它，只见那骡子脖子一软，鼻孔里呼出长长的两团热气，两行浑浊的泪水，如同两条蠕动的蚯蚓一样，顺着它眼窝的黑线，汩汩流下来——那骡子的一条后腿，被顺势而下的水泥板子给折断了。但，骡子无言，无法诉说它的腿断了，辜负了主人的期望，它在主人的鞭打下，深深地把头戳在地上了。

这时候，儿子从后面过来，想看看前头的骡子到底发生了什么。没料到，此刻，正蹲在地上与骡子"对话"的万顺大叔，抹一把骡子的热泪，莫名其妙地扬起鞭子，冲着儿子，劈头盖脸，"噼叭噼叭"地打来。

远去的鸽子

鸽巢变动以后，鸽群飞走了。忽一日，鸽子陆续又飞回来寻找故居。主人撒上了半瓢金灿灿的谷子等它下来吃。可那鸽子蹲在窗台，一动不动地死去了。

小时候，我家阁楼里养着一群鸽子。后来，两边房屋加高，阁楼"陷"下去，那群鸽子便飞走了。

我爷爷说，鸽群飞走的那天，他有所察觉。当时，我爷爷正蹲在小院的丝瓜架下，给刚放黄花的丝瓜松土施肥，忽听一阵"扑嗒嗒"乱响，抬头一望，阁楼里大大小小的鸽子全都飞起来了。但它们并不远去，绕着阁楼盘旋了很长时间。

刚开始，我爷爷认为是老鸽子领着幼鸽子练翅膀的。后来，鸽群越飞越高，我爷爷这才觉得有些异样。但他没想到它们要走。

第二天，以至后来的许多天里，我爷爷天天去阁楼里张望，期待鸽子能飞回来。这期间，我爷爷曾一度后悔当初不该把阁楼两边的房屋加高；不该让我和哥哥整天爬到阁楼上去掏鸽子蛋。

大约是半年以后，家里人看鸽子们不回来了，便把阁楼拆了，盖成和两边一样高的房子。

殊不知，偏在这个时候，鸽子们忽而三三两两地结伴回来寻找阁楼。它们面对"故居"的变化，长时间盘旋在空中，有的，还大模大样地落在左右房顶上张望；还有的干脆同过去一样，落在院子里，同我们家的鸡们、鸭们争食吃。

但，最终还是飞走了。因为，那时间，家里人对它们的到来，已经很敌视了，尤其是我哥哥，每当看到鸽子飞来时，他总是变着法儿要置它们于死地，他不是躲在暗处，紧眯着眼睛，用弹弓瞄准鸽子们东张西望的小脑袋，就是咬牙切齿地握一块尖砺砺的石头，猛砸向它们。

我爷爷反对我哥哥那样做，但我哥哥还是明目张胆地给它们"颜色"看。我哥哥说："反正那鸽子已经不是俺家的了。"言外之意，打死一只，得一只。

可我爷爷不这样认为，我爷爷说，飞走的鸽子又飞回来，一是说明它们对新家不如意。再者，也说明那鸽子和我们家有了感情。尤其令我爷爷感动的是，有只花脖子老鸽子，经常飞来，且，每次飞来都落在我爷爷老屋的窗台上，我爷爷认识它，那是我们家最初喂养的一对老鸽子中的一只。我爷爷不许打它，我哥哥嘴上答应不打它，可背地里尽打它的歪主意——想捉活的。

我哥哥趁我爷爷不在家的时候，拿扫帚扑打它，有两次都把那花脖子老鸽子按在扫帚底下了，它又扑打着翅膀逃走了。

几次惊吓之后，那只花脖子老鸽子不来了。

我爷爷说它老了，飞不动了，还猜测它被人家的气枪打死了，就是没想到是被我哥哥的"扫帚"吓怕了！

岂料，转年冬天，一个大雪封门的早晨，那只花脖子老鸽子又飞来了。何时来的，无人知道，等家里人知道后，我爷爷已不声不响地在院子里扫出一块雪地儿，撒上了半瓢金灿灿的谷子等它下来吃。我爷爷说，那只花脖子老鸽子真的老了，雪天里，它找不到食吃了。

殊不知，那只老鸽子面对地上的谷子，蹲在窗台上一动不动。

我爷爷愣愣地看了它半天，末了，慢慢地走近它，等我爷爷双手托起它时，这才发现，那只花脖子老鸽子已经死了。

打 羊

守岛部队，从内地购得羊羔后散放在岛上，连长让兵去打一只羊来改善生活。不料，那兵一枪放倒了两只羊。这对那个一心想当"将军"的士兵来说，是违反了部队的纪律。于是，他接来的处理方法，就更加离谱了……

他是青岛兵，乍听起来都认为他是青岛市里人，城市兵。其实，他们家离青岛还有300多里路，是个很穷的山沟沟。

可他，说他是青岛人。

久而久之，大伙也都默认了，说他是青岛兵。

青岛兵穿上军装，离开故乡之后，就不想再回"青岛"去了。从他入伍的那一天起，最大的愿望，就是能转成志愿兵。

他知道，转成志愿兵，就可以戴大盖帽，穿黑皮鞋，在部队干满十五年后，愿意回地方去，还可给安排工作。

青岛兵给连首长写血书要扎根海岛。因为，他们部队就驻扎在海岛上。岛上，没有人家。除部队官兵就是树木、杂草和山羊。

部队，是守卫海疆的。

山羊，是部队官兵从内地购得羊羔后散放在山上，供他们改善生活的。

青岛兵决心要一心一意地守卫在海岛上。

这年8月，9号台风袭击了海岛。狂风、骤雨，使运送蔬菜的船只无法接近岛屿，官兵们吃米饭就酱油，人人盼望连长发话打只羊来解解馋。

果然，在台风持续到第3天，连长发话了，指派那个青岛兵："你去打只羊来。"

青岛兵高兴得一蹦三尺高！一颗子弹推上堂，托着枪就追向羊群。"咣！"地一枪下去，当场放倒了两只洁白的山羊。

这可怎么办？！

连长叫他打一只，他却打死两只。这不是不听首长话吗，不听首长的话就是不遵守部队的纪律，不遵守部队的纪律，还怎么转成志愿兵……他照着这个思路想下去，越想问题越严重。

忽然，他心生一计：藏一只山羊于海边石缝里，只拎着一只山羊去见连长。反正，岛上的羊群没个具体数儿。

中午，全连官兵吃肉、喝汤，一派喜气洋洋。唯有那个青岛兵，谎说牙痛，装病躺在床上，连口羊肉汤都没喝上。

傍黑，海上风大、浪涌，海浪推向礁石几丈高，那只石缝中藏着的死羊，

竟然被海浪抛向海面。执勤的哨兵捞起它去见连长。

连长一看羊头部的枪眼，二话没说，扭头奔向士兵宿舍，一脚踹起正在床上装病的那个青岛兵。问他：你

37

上午打死几只羊？

那家伙知道真相败露，捂住泪脸哭出声来。

他跟连长叙述完打羊、藏羊的过程后，恳求连长：保住他转志愿兵的希望。

连长没搭理他，背后扔给他一句话："你先写检查吧。"

他知道，写检查就是挖思想。只要在思想上认识深刻，连首长就能原谅他。

于是，他在检查中高度上升认识。说自己世界观不好；说个人自私自利；还说他想在部队搞破坏……

原认为这下可保住转志愿兵了。没料想，连首长一看他内心世界如此"黑暗"，一纸报告呈到团部，当年，就劝他退伍了。

勒　狗

狗，是人类忠实的朋友。狗在一次灾难中救了主人，主人反倒恩将仇报——把狗给勒死了。这又是为何呢？

那年夏天，雨水特别多。和顺家的小西屋，就是在那个夏天的一日午后突然倒塌的。

当时，和顺老人正在当街小卖店门口看人家下棋，等邻居跑来告诉他，说他家的小西屋塌了时，和顺老人当时就吓瘫在地上了，他的宝贝孙子，正在小西屋的土坑上睡觉哩！

连阴雨下了好几天，老人的儿子、儿媳都下大田排水去了，孩子交给他，他却把小孙子哄睡后，跑到街口看人家下棋来了。

现在，小西屋倒塌了，小孙子是否砸死在屋里了？和顺老人撒开脚丫子往家跑。

还好，和顺老人跑回家一看，房子是倒了，可小孙子连同尿布，已被家中那只大黄狗叼到堂屋门前的台阶上了。和顺老人当场惊叹得老泪纵横，抱起"嗷，嗷！"直哭的小孙子，一时间竟然忘了坍塌的房子中，还有他老伴留下的好些遗物儿。

这期间，那只大黄狗围着他直摇尾巴。好像在诉说它是怎样发现险情，怎样用嘴巴叼出它的小主人。和顺老人只顾照料小孙子，没在意大黄狗跟他摇头摆尾。等和顺老人的儿子、媳妇闻讯赶来，老人把孩子交给媳妇后，和顺老人就像个犯了错误的孩子似的，蹲在一旁抽烟，一句话也没有了。

儿子知道老人在自责，只字不提孩子的事，反倒安慰老人说，那两间小西屋早就该推倒盖新的了。

是的，那两间小西屋，还是"四清"那年盖的。前年，儿子结婚时，想推倒了盖两间平房的，苦于一时没有钱，就搁下了。新媳妇进门后，和顺老人卷起铺盖搬进去，避开了儿子、媳妇的耳目不说，还能看鸡、望门哩。

可老人没有想到，这土墙老屋不撑雨水了，更没料到小孙子还在里面睡觉它就倒了。要不是家中那只狗，这会儿，他到哪里去找孙子哟！

儿媳妇通情达理的，安慰老人说："只要大人孩子都好好的，房子倒就倒了吧，盖新的！"那话里的意思，让老人家不要再多想了，过去的事，就让它过去吧。

可和顺老人不管儿子、媳妇怎样安慰他，他心里总是不舒坦，一整天，都闷闷不乐。

晚上，儿子在堂屋里临时给老人搭了张床。老人不知是不好意思到儿子屋里睡，还是另有原因。儿子几次催他上屋睡觉，老人家都摇晃手中的烟袋，让儿子先睡。

回头，儿子和媳妇睡下了，和顺老人还托着烟袋和那狗蹲在院子里……

次日，清晨，儿子开门一看，顿时愣了！

那狗，被爹勒死在树上了。

儿子大吃一惊！媳妇也觉得那黄狗是功臣，怎么给勒死了呢？他们问到老人，岂不知，老人自有老人道的道理。老人说：那狗，太有灵性，懂得难中救主人！没准哪天，家里人惹怒了它，它又会怎样呢？还是勒死它好。

杀　驴

驴子知道主人要杀它，两眼忽而扑闪出浑浊的清泪……再看看它胯下的那泡黄尿，主人的心软了，手也软了。

六叔把他那脏乎乎的袖子，挽到胳膊肘上的时候，就想到，等会儿这胳膊，连同那把已磨得锋利的尖刀，一起扎进墙角那头倔驴的胸腔里。

这阵子，六叔正蹲在小院的石磨旁抽烟呢，脚边的砖头上，已磕了一大堆烟灰，仍不见西巷的他三姑夫来帮忙。

都说好的，叫他吃过早饭就来，怎么就不来了呢？

六叔有些急不可耐了，自个去墙角解下驴，就要往小院篱笆墙边那个准备放血的瓷盆前牵时，忽而想到：忘了找根绳子，把驴的四蹄绊上。随后牵驴至小院的石磨前，就手把驴绳扣在磨把上，等他从屋里找好绳子出来，发现那驴已不在磨把上了。

此刻，那倔驴，正新奇地站在篱笆墙边的放血盆旁，轻摇着尾巴，嗅着那堆刚挖好的新土。

六叔后悔刚才没有把驴绳系牢实。打个死扣就好啦。

六叔手中握着刀和绳子，一步门里一步门外地轻唤一声："灰儿——！"

往常那畜生虽倔，但，就凭六叔这一声唤，不管它跑得多快多远，立马就会停下来。可今天，那畜生好像识破六叔拿着刀子、握着绳子要来杀它，不听呼唤不说，反而，倔劲上来了，六叔那边唤它，它这边调头走开了。

六叔跟这畜生缠了七、八年，深知它的性情刚烈。慢慢跟在后头走了几步，想乘其不备，一脚踩住那拖拉在地上的驴绳。

谁知，那畜生极有灵性，每次，不等六叔抬脚去踩绳子，那驴子便调头跑开，且，始终和六叔保持着一段不远不近的距离。六叔快，它也快；六叔慢，它也慢；六叔站着不动，那畜生还停下不走了。幸好六叔家的篱笆院儿大，连追了几个回合，也没伤着院里的盆盆罐罐，只是满院的鸡呀、鸭的吓坏了，惊得四处逃窜。

后来，也就是六叔看那倔种向东南角篱笆墙的豁口处靠近时，六叔的心里有些发毛，他假装不追了，绕到石磨后边，稳定了一小会儿，看那驴子向远处张望时，便猫下腰，轻手轻脚地从驴的后面往前挪了几步，还想再挪几步……就在他要靠近驴时，猛一个箭步去踩驴绳。

泣血的呼唤

岂料，那驴子好像早有准备，几乎是瞬间一个跃身，扬开四蹄，跳出了篱笆墙。

这一来，六叔慌了！他大步跨过篱笆墙，扯开嗓门，声嘶力竭地冲小街上大声呼喊："截住！把驴截住——！"

还好，幸亏那是小村腊月天，小街的太阳地里，石子、瓦块下棋的人很多，前后一堵截，就把那驴子围困在街心了。最终，那畜生走投无路时，昂天"呜啊——呜啊"地一声长叫，随即，一泡黄尿，顺着胯下，"唏哗唏哗"地流下来。

六叔后边跑来，接过驴绳时，那个气哟！本想狠狠地抽打那畜生几下。孰知，就在六叔拽紧驴绳的同时，忽而发现那倔驴两眼里扑闪出两行浑浊的清泪……再看看它胯下的那泡黄尿，六叔的心软了，手也软了，六叔举起的绳索，又慢慢放下了。

末了，六叔轻抹了一把那倔驴的老泪。别过脸，两手反剪在后背，握着驴绳，前头紧拽着那驴，头也没回地走了。

对　手

癞老七与黄鼠狼过招。最终，癞老七终于抓到的那只黄鼠狼。可他并没有打死它，而是把它放了。此后，癞老七与黄鼠狼平安相处。

我们老家那地方，古寺土地庙多，黄鼠狼也多。一到冬天，村子里的鸡呀鸭的，常有被黄鼠狼拖走的事。

瘸老七，就爱逮那个。谁家的鸡鸭夜里被黄鼠狼拖去了，瘸老七，总要一瘸一拐地跑去看看。有时，还跟主家商议："要不要逮住这家伙？"

一般的人家，都不愿去多事。

黄鼠狼那小东西有灵性，不是太好对付！我们老家人有句话，叫做"逮不住黄鼠狼惹身骚"，说的就是这个理儿。

可瘸老七不怕那些，他光棍一个，什么都不在乎。

冬日里，他背个粪筐，白天沿着沟边河坡转悠，看到有黄鼠狼走过的痕迹，傍黑就去下夹子，用不到小半夜，就有好看的了，那上了夹子的黄鼠狼，垂死挣扎的时候，一蹦三尺高。

那时刻，瘸老七睬都不睬它，只管蹲在一旁抽他的叶子烟。等它蹦跳得没了力气了，他才过去收拾它。并趁它身上的热乎气还没有散尽，就手把它挂在路边小树杈上，扒下它那张亮闪闪的皮。待集日拿到公社收购站，换个油盐酱醋钱。

黄鼠狼的毛皮，挺值钱。但，当年的小黄鼠狼糕子皮，不值什么钱，它的皮太嫩，一上手就破了。越是上年头的黄鼠狼，皮毛越厚越结实。不过，上年头的黄鼠狼太刁，不轻易踩夹子。

瘸老七倒是有些办法。

他发现黄鼠狼的足迹后，并不急着下夹子。而是要掌握它的觅食时间，先在它走过的地方撒上些细沙，看它何时再从细沙上踩过，并分析它连续几天踩过的时间是否相同。一旦是找到规律，他就有招儿了。

有一年冬天，瘸老七在后山王家祠堂遇到了对手。

那只黄鼠狼，可真是上了年头了，头尾相接，足有三尺长。

瘸老七第一次发现它，是因为那年下了一场多日不化的大雪。那家伙在王家祠堂的古墓底下，实在是饿急了，才出来觅食。

瘸老七顺着它的足迹，找到王家祠堂。再想找它的洞穴，没了！

那家伙是从一棵古松上下来的。

瘸老七知道这个家伙狡猾，他选在古松旁边雪稀的地方下了夹子。

雪天，黄鼠狼总要到没有雪的地方觅食吃。

半夜里，藏在树丛中的瘸老七，只听到夹子响，没听到那家伙跳。他就猜到坏了！那家伙"踩空剪"了。

这是黄鼠狼常耍的把戏，它发现什么地方可疑，不会轻易去踩，它要叼块小石子或小树枝什么的扔上去试探。

第二天，瘸老七下了连环夹。心想，等它再来试探时，就有它好看的了。

可那家伙，绕过他连环夹不说，还在旁边雪地上撒了一泡黄黄的尿。

这是故意气他瘸老七的。

瘸老七耐住性子，待雪化了以后，他还是用撒细沙的办法，找到了那家伙的洞穴。他在它出口处下了夹子。

这一次，他半夜里听到夹子响后，跑过来一看，夹到的是一只旧鞋子。细看，还是他晾在自家窗台上的鞋子。

乖乖！这家伙找到他家了。

当下，瘸老七有些紧张！待他回家后更紧张，鸡窝里三只鸡，已被它咬死两只，且血淋淋地放在他家门前。

还有一只小芦花鸡，已吓得躲在树上不敢下来。

瘸老七感觉这东西和他较上劲了。他知道，这种时候，尤其不能怕他！

第二天晚上，他仍然去下夹子。

可半夜里，再听到响动，不是在工家祠堂，而是在他瘸老七的鸡窝里。

原来，瘸老七料到它要来报复，便把那只小芦花鸡绑在鸡窝里边，鸡圈门上装上吊夹，等那黄鼠狼一钻进鸡窝后，吊夹"吧嗒"一声，把鸡圈门堵上了。

这一来，那家伙在鸡圈里蹦跳开了！且放出满院的骚气。

瘸老七没有睬它，门前点上一把火，示意它，看到了吧，等会就让你死在这火中。

这时间，那家伙咬住那鸡一阵阵"嗷嗷"地怪叫。但它并不咬死那只鸡！

瘸老七不管它，他一手托着手中的烟袋，一只手往门前那堆火里添着柴禾。

等它在鸡圈里不再蹦跳，并且把那鸡踩在它身子底下与他对视时，瘸老七只管挑旺眼前的火焰，看都不看那只黄鼠狼。

这时间，那家伙"哼哼"怪叫起来。

瘸老七知道，那是在向他求饶。

瘸老七仍旧不睬它。

后来，那家伙眼窝里有了泪光，瘸老七知道它已经彻底绝望了。可就在这时候，瘸老七说话了。

瘸老七告诉它："我就猜到你会来的，果然是来了！"

后面的话，瘸老七没有多说，告诉它："放你一马！"随即，打开鸡圈门，把那家伙放走了。

当下，那只黄鼠狼闪电一样逃出鸡圈，可它，并没有急着走，而是跳到一旁的猪圈墙上，拧回头，与瘸老七再次对视了一会，才转身离去。

此后，瘸老七再也没见到那只黄鼠狼。

情　狼

人有情，狼也有情。可狼在解救它的情侣时，一口咬断母狼的脖子。至死，它都没有松开。

海边的狼，大都深藏在海岛上的岩洞里，或躲在离海岸线不是太远的丛林中。它们没有沙漠里狼那样威武、高大、雄健。但是，其凶残的本性，毫不逊色。夜晚出来觅食时，同样是所向披靡！它们选择在大海退潮后，去海滩水泡子中捕捉鱼虾。春夏时节，也结伴到盐河上游去寻找青娃、野兔、人脚獾什么的小动物解解馋，极少袭击人类。盐河两岸人家，都叫它小皮狼，调皮的意思。也有人称之爱情狼。因为，小皮狼向来成双成对。

那种小皮狼，个头不大，成年的小皮狼，也不过就是半大的狗那样，跑起来跟狗差不多快。所不同的是，它的两只耳朵，始终是竖着的，尾巴如同扫把一样，又粗又长，嗥叫起来惊天动地！

小皮狼昼伏夜出，午夜里大海退潮时，它们结伴而行，沙滩上选择一处有鱼虾的水流儿或水泡子，常常是一只狼跳进水中驱逐鱼虾窜动，另一只则站在岸边伺机捕捉，所提到的鱼虾，狩猎者先咬死放在一边，直至把那一处水中的鱼虾捉尽，两只狼或几只狼再平分秋色。小皮狼身上的那张皮非常好，厚厚实实的皮毛，不管是做帽子，还是当褥子铺在船上，既柔软，又暖和。盐河里的老船工们特别喜欢把它的皮毛当被褥来铺。

小皮狼野性十足，赶夜海的渔民，倘若发现沙滩上有一对对小灯笼样的绿光在游动，都知道那是小皮狼在觅食，大都远远地避开，很少去招惹它们。可小皮狼饿急了眼的时候，时常来袭击盐河两岸人家的鸡鸭猪羊。

有一年冬天，一对小皮狼，偷吃了盐河人家的鸡鸭，再不思大海中鱼虾的腥味，专门与盐河两岸的家禽、牲畜为敌。

气愤至极的渔民们，不得不想法子除掉它们，他们在那对小皮狼出现过的地方下药，设套，支夹子，无济于是。那对小皮狼盘踞在盐河口的丛林里好多年了，抵触人类捕捉它的能力相当强，一般的圈套它都能识破。最后，有人用连环夹子，总算捉到那只母狼，但，公狼跑了。

有经验的老渔民，以那只母狼为诱饵，用铁链子把它拴在海岸边一艘破船上，让它昼夜不停地嗥叫，以此招引那只公狼来营救！

夜幕降临，那只公狼果然来了。但它料到四周有埋伏，始终不敢靠近那只母狼，它远远地与那只母狼对嗥。

狩猎的人，只闻其声，不见其狼。一连两个通宵，那只公狼始终没有露面儿，第三天黎明，肉食不沾的那只母狼，发出了凄惨的哀嗥，公狼才冒死出现在狩猎人的视野里。

当时，只见那只公狼扬开四蹄，箭一般地从丛林里弹出来，四肢随之拉成一条笔直的线，背部的鬃毛和它

泣血的呼唤

那长长的尾巴坚挺地抖竖着，其速度之快，如同一把飞驰而来的利剑，直奔那只母狼而来，不等狩猎人举起猎枪，它已经抵达母狼跟前。

然而，接下来的一幕，令人毛骨悚然！谁也没有料到，那只公狼的营救方式极为悲壮凶残，它一口咬断母狼的脖子。至死，它都没有松开。

打　猴

生死关头，母猴把幼猴推向一旁石窟中，冲着猎人，示意向它胸膛开枪吧，那一刻，猎人的手软了！

秃岭山上的树木越来越少，秃岭山上的猴子也快绝迹。

快绝迹的猴子反而与人为敌。大白天，单身人都不敢过秃岭山！饿极了眼的猴子们，见单身人提着兜儿或挑着担子过秃岭山，竟敢前呼后拥地拦路抢劫。有时，翻你兜里没有吃的，还气愤地揪你的头发，抓你的脸。尤其使你不能容忍的是，那大公猴发情后，见了漂亮点的女人就摆弄它的生殖器。

村里人也是处于无奈，才下了绝情打死它们。

玩了一辈子火枪的麻六爷，可算是找到了"活把子"，自从村里贴出告示要打秃岭山上的猴子，他见天扛着火枪在山上转悠，几乎是见一只，打死一只。

麻六爷枪法准，下手也残酷，见到一公一母的猴子在一起时，他总是先打死那只母猴。这样，既使公猴跑掉也无妨，他蹲在一旁藏起来，不急着去拣那只死了母猴。用不了多大功夫，那公猴就会来找他的同伴……要是一家老小在一起，他就先开枪打死幼猴，这道理和先打死母猴是一个理儿。

这天，下雨。麻六爷在山涧的石缝里，发现一只母猴和一只幼猴，麻六爷看到它们时，那只小猴正在埋头吃奶。凭直觉，公猴只怕是早就死在他麻六爷的枪下了。要不，这下雨天，它们是不会分开的。但，麻六爷还是向左右树上望了又望，确实没见有其它猴子时，他这才慢慢把枪筒瞄向了那只幼猴。可就在这同时，那只母猴突然发现了树丛中的麻六爷和麻六爷支在树叉上的黑洞洞的枪口。

逃跑，是绝对不可能了！

绝望中的母猴，没有躲藏，也没有惊慌，它一只前爪紧揽住胸前的幼猴，另一只前爪抬起来，冲麻六爷摇了摇，示意麻六爷先不要开枪。

麻六爷愣了！他知道猴子这东西有灵性，但他从来没见过面临死亡的猴子，还会像人一样同他挥手"告别"！

一时间，麻六爷扣紧了的板机静止着。凭他的枪法，这两只猴子是一个也不会逃掉的！但他要看个究竟。

这时间，只见那只母猴把胸前的幼猴慢慢推向一旁石窟后，冲麻六爷挥挥前爪，示意麻六爷冲它胸膛开枪吧……

当下，麻六爷手软了！

他愣愣地看着那猴，原本该冲天放掉的那一枪，顷刻间，他慈善到怕惊吓着它们母子。他慢慢地收回枪后，直到他返回到山下，他才冲着路边的水沟，"嘣！"地一声，放掉了那枪火药。

此后，麻六爷再不打猴。

奇怪的是，秃岭山上仅剩下的几只猴子，也不再与人为敌了。

小皮狼

小皮狼是一种珍稀动物。多年前，村里人以下毒的办法，把小皮狼都给毒死了。忽一日，有人捉到一只小皮狼，看其肚子里有崽，没忍心勒死，把它放了。

我老家村后，有一大片苇子，方圆十几里，一眼望不到边。秋天，芦花飘飞的时候，满天都飞舞着小银伞一样的芦花。因为是靠山区，那大片大片的苇子地里，零零散散的布落着山槐、小柳丛、窜天杨，还有一些带刺的葛针草，可扎人啦！好多长嘴的水鸡子、野鸭什么的，都在那些扎人的葛针丛里筑窝。只有灰喜鹊，躲到高高的窜天杨树枝上，让苇子地里的狼们想吃，扑不到。

不过，到了冬季，芦苇地里的青蛙、鱼虾、水蛇什么的少了，那些饿极了眼的狼们，就开始想法子袭击山林中的黄鼠狼、庄稼地里的田鼠，还有平时它想吃，扑不到的灰喜鹊了。

狼们袭击灰喜鹊，大都选择在夜晚，因为灰喜鹊有蹲在小柳丛和苇子梢上过夜的习惯。那样，一旦被狼们发现，它们单个儿跳起来扑不到，就相互串通一气，接肩搭背地搭成"狼梯"。有时，大白天，它们也能扑到灰喜鹊，因为狼们会伪装，经常趁灰喜鹊不注意落到它跟前时，猛一个腾空狂扑，就将灰喜鹊吞在口中了。

那些狼，老家人叫它小皮狼。

顾名思义，无非是说它调皮；再就是它自身的那张皮值钱，厚厚实实的皮毛，不管是做帽子，还是当褥子铺在土炕上，既揉软，又暖和。村里的老人们特别喜欢！美中不足的是，小皮狼的个头太小了，成年的小皮狼，也就跟半大的狗那样，跑起来跟狗差不多快。所不同的是，它的两只耳朵，始终是竖着的，嗥起来惊天动地！它不敢跟人作对，尤其是大人们，它们一见到就躲开了，对我们小孩子，好像不怎么害怕。但我们小孩子们怕它。大人们经常吓唬我们：不听话，就把你送到后山苇子地里喂狼去。

说是那样说，可村里的孩子，没有一个被喂了小皮狼的。可村里人放在山上的羊，却经常糟到小皮狼们的袭击。

那些小皮狼袭击羊群时，事先都有分工，它们不轻易冲出芦苇荡，一旦是三、五只小皮狼一起冲出来，山坡上总有一只羊被它们中的一只小皮狼咬住耳朵，并骑在羊背上，用尾巴猛抽羊的屁股，赶羊快些跑，另外几只小皮狼护其左右，随着一阵"咩！咩！"地凄惨尖叫，那只羊就被"赶"进芦苇荡了。也就是说，放羊的人，眼看着羊被那些小皮狼抢走了，追都追不上。

村里人，恨死那些小皮狼了！想出不少办法对付它们。但，最常用的就是下套子套。

小村里，不少人都懂得怎样下套子，他们先选一块血淋淋的鸡腿或带血的羊头什么的，扔到芦苇丛中的小路上作诱耳，四周下满了钢丝拧好的套子，尤其是小路两头，几乎是套子连着套子。那些小皮狼一闻到血腥味儿，就探头探脑地来了，等它们不小心，把头伸进事先布下的钢丝套里时，那些小皮狼只晓得逃命，又蹦又跳，

泣血的呼唤

可钢丝套在它的蹦跳中，越勒越紧。等人们听到听响动，跑来收拾残局时，那套中的小皮狼，大都被钢丝扣勒得俺俺一息了。也有命大的，把钢丝拧断，带着钢丝套子跑了。那样的小皮狼，再不会轻信人们的诱饵了。

我小的时候，经常看到大人们，从后山苇子地里套到小皮狼，跟牵狗一样，把它们的嘴巴用铁丝拧牢实，大摇大摆地牵着、拽着往村里走。可荣耀了。

我们小孩子看到有人套到小皮狼，就拿树枝或找路边的小石块，跟在大人后面不停地打那死到临头的小皮狼！大人们也不生气，反正那小皮狼牵到村头小河边，就被挂在小树杈上给宰了。

印像中，一个冬天下来，村里人能逮到十几只小皮狼。有时，还能套到小皮狼崽儿，那些小皮狼的崽儿跟小猫那样大，它的皮太嫩，不值钱！大人牵到村里后，就是让我们小孩子整死它的。我们小孩子给它点"天灯"，就是往它身上浇些洋油（煤油），划根火柴把它烧死。有时，让它"坐水牢"，弄根绳子栓在它脖子上，扔到水中，猛往上一提，再猛往下一墩，让它把肚子涨得跟小鼓一样。最普通的一种办法，就是拿它当"活把子"，规定一定远的距离，看谁击中的次数多。后来，大人们可能看我们小孩子整治小皮狼崽儿的手段太残忍，再套到小皮狼崽儿，干脆就地整死，不带给我们玩了。

既使那样，老家的小皮狼还是很多。

后来，村里的年轻人，不知怎么想出了下毒的办法，他们把毒药用腥煽煽的羊油裹紧，那些小皮狼们闻到羊煽味儿后，一口吞下去，走不了几步，就倒下了。

那种方法，很快家喻户晓。大批的小皮狼被药死了！

后来，又因为连年的开山放炮，那些小皮狼彻底的没有了。

可去年冬天，听老家来的人说，我们村后的苇子里，又有小皮狼了。但，不多。有人套到一只，看其肚子里有崽，没忍心勒死，放了。

赌　驴

合伙的船要漏，合养的牲口要瘦。这是在了古语的。那么，兄弟俩人合喂的一头驴子呢，更是"瘦"得离了谱儿

哥去找弟的那天下午，天正下着小雨。哥用手打着眼罩，挡着眼前的雨水，快步走到弟的堂屋里，猛跺了两下脚上的雨水，问弟："搓绳子？"

弟光着脚板，正蹲在门口的亮处搓草绳。看哥进来也没抬头，听哥问他，只在后嗓"嗯"了一声，仍旧不紧不慢地搓他的草绳。

弟对哥有意见哩！

哥知道弟对他不顺眼，平时，已很少到弟家里来。哥今天来，是想处理他们两家合伙买的驴和驴车。哥新近买了一辆"小四轮"，用不着再用毛驴车装了石头往海堤边送了。哥想把毛驴和驴车三下五除二的处理给弟拉倒。

可弟不这么想，弟觉得哥在他身上一点兄弟味都没有。合伙买的驴和驴车，挣多少钱，哥把得死死的。弟一直在想，哥在他身上耍了不少的鬼花招。

现在，哥"小四轮"都开回家了。按理说，不该再跟他计较这驴和驴车的事了，可哥那人没有意思。弟很

泣血的呼唤

瞧不起哥的为人，太抠门。

哥知道弟大概猜着自个儿来的意思，心里不由得有些火。看弟那个熊样，好像是我求他来了！但哥毕竟是哥。哥就不能和弟一般见识。哥自个摸了个板凳坐下，掏出烟，捧上火，问弟一句："搓绳干啥？"

弟说："架丝瓜！"弟的声音拖得长长的，显然对哥是爱理不理的。

哥问："多少丝瓜？你搓这些草绳。"

弟没说有多少丝瓜。弟冷冷地问哥一句："有事吗？"

哥开门见山地说："我想把驴和驴车一总处理给你？"

弟半天没有吱声，只管不紧不慢地搓着草绳。

哥等得不耐烦了，问弟："商量商量啊？"声音同样是拖得长长的。

弟说："商量啊！"

哥说："你说啊！"

弟说："你让我说什么？"

哥瞪了弟一眼，说："当初买驴、治车的时候，两家一共花了一千八百多块钱，如今，怎么说还值个千儿八百的……"言外之意，按一家一半的话，最少还要付他五六百块。

弟半天没有吱声，末了，弟猛不丁地堵哥一句："你应该按物价上涨的数往上加，至少要算它个三千、四千的！"

哥听出弟的话是损他的。但，哥没和弟一般见识。哥说："这样吧，你掏五百块钱，驴和驴车都归你啦！"

弟听了，好像啥也没听见，仍在不紧不慢地搓着草绳。好半天，才停下手中的活，苟巴着脸，说："什么事呀，你要我掏五百块钱！"弟愤愤然地告诉哥，那驴、那车，已到了不吃草、不转圈的地步了。

弟把脸拐向一边，小声嘀咕了一句："五百块，你爱卖给谁，就卖给谁去！"说完，头也不抬地用力搓他的草绳。

哥被弟晾在一旁，半天气得鼓鼓的，瞪弟一眼，起身走了。

弟看着哥的背影，心想，走你就走，反正驴拴在他家里。但，他忘了，驴车还停放在哥的院子里。

转天，弟牵着驴，准备套上驴车自个去海堤边运石头。找到哥家院子里时，才发现驴车上的两个轱辘已被哥卸下来藏了。弟对哥的做法感到很好笑。他牵着驴回来了，当即把驴的腿上绊上链子，上上锁。心想，你驴车不让我用，这驴你动也别想动一动了。

哥呢，听说弟把驴腿上了锁，索性连驴料也不送了。弟看哥不来送驴料，自个也不喂驴料，想起来就扔一把乱草……

"反正是两家合伙的，饿死拉倒！"

弟的这种想法，很快使驴瘦得不成样子。最终，那驴，在一个落雨的黄昏，轰然倒地了。从此，再没能站起来。

最后一只兔子

这是一场强者与弱者的生存之战。结果是：两败俱伤。

冬日的阳光，无精打采地照耀在双乳山前那片绿莹莹的麦田里，如同老猫那温乎乎的舌头，懒洋洋地舔到

泣血的呼唤

猫崽的腿窝间，滋润而温暖。

一缕缕鲜活而翠绿的麦苗儿，拥有阳光的普照和后面两座"奶头山"的呵护，既便是在寒流袭来的日子，仍然茁壮成长。与其麦田对峙的，是大山跟前的石窝、草丛间，那一排排，一墩墩紫荆藤儿留下的"刀茬地"。

紫荆藤，是山里人数年来精心培植的一种独特的槿木丛，当年长成的紫荆条，细如竹筷，粗如擀面杖，而且弹性极强，头尾对折不会轻易断裂，松手后即可恢复原样，可用来编筐、编篓、编织篱笆墙。

紫荆藤丛，原本也可以和山上的青松、翠竹一样，熬霜斗雪。可山里人看中它当年的枝条不发新权的特点，人为地摧残了它，让它一岁一枯荣。每到秋后，割去它发育成熟的枝条，留其"匕首"一样的根部，待来年春暖时节，再让其苞芽、抽出新条儿。

然而，年年割条，年年发枝，其粗壮的根部，如同珊瑚、鹿角一样，七枝八权，刀光见影！

一群野兔，寻找到那片麦地的同时，也寻找到它们赖以藏身的家园——刀茬地。

野兔们，偷吃鲜嫩的麦苗，解馋、止渴、充饥；躲藏在"刀茬地"里，可以防止山中的猎狗、山鹰追杀。它们在"刀茬地"里打洞、筑巢，且狡兔三窟。目的，就是想在那漫长的冬日里，守望着那片绿莹莹的麦苗。那麦苗，可是野兔们冬季里难得的美餐。

但，野兔们面对山前的美味，却不敢贸然前往，尤其是大白天，山鹰和猎狗们，随时都有结束它们生命的可能。尤其是山鹰，它是野兔家族的天敌。

山鹰在对付东躲西藏的野兔时，有足够的耐心！它翱翔在蓝天白云间，时而上下盘旋，时而两翅展平着

"悬"于一点，看似漫不经心，实则是在为猎取食物而虎视眈眈。一旦发现进攻目标，瞬间可垂直栽落，也可展翅紧贴地面滑翔偷袭。野兔们一旦进入山鹰的视野，十之八九，难逃灭顶之灾。

一只矫健而敏捷的白头鹰，发现了那群躲藏在"刀茬地"里的野兔们，整日盘旋在麦田和"刀茬地"的上空，伺机偷袭着一只又一只的野兔。

最初的日子里，那只白头鹰所伏击的对象，大都是野兔家族的幼崽们。当年的小兔，贪吃、贪玩，逃生的经验不足。那只足智多谋的白头鹰，从麦田的上空，一个俯冲下来，如同海鸥在碧蓝的大海上捕捉鱼虾一样，张开它亮闪闪的金爪、银翅，揪住小兔们的头颅，瞬间便可拔地而起。

然而，成年的老兔子，富有逃生的经验，它们在觅食时，始终瞄着逃生的方向，一旦发现老鹰袭来，无需调头，两条后腿一蹬，便可"弹"进"刀茬地"里，让老鹰无法抓捕。

而那只狡猾的白头鹰，每次都选择"刀茬地"上空展翅袭来，目的就是要打乱野兔们的奔跑方向，一旦是哪只兔子惊惶失措，忘记了自己洞巢的所在方向，那就在劫难逃了。

白头鹰在捕获野兔时，先是出其不意地张开一只金爪，猛抓其兔子的尾部，让奔跑中的野兔感受到背部受敌，想回头嘶咬时，它的另一只早已等候的金爪，恰好箍住了"猛回头"的兔嘴，随之，拔地而起。说时迟，那时快，整个过程，几乎是在眨眼之间完成的。

这样的追杀场面，几乎是每天都在发生。也就是说，那群"野兔家族"的数量，每天都在减少。

泣血的呼唤

最后，只剩下一只孤独的老兔子，它若即若离麦田地，一旦发现老鹰袭来，它一个纵身，就躲进"刀茬地"。那只白头鹰，数次偷袭，不但没有成功，险些遭遇"刀茬地"的折胫断翼之灾。

终于有一天，那只白头鹰饿极了，它紧贴着"刀茬地"的边缘，横向偷袭而来。

这可是那只老兔子没有料到的，白头鹰想切断野兔的后路，而将它赶进麦田。而那只身经百战的老兔子，生死关头，毅然选择了如临大敌的一方——刀茬地。

这期间，那只野兔，为了争得逃生的时间，竟然在白头鹰俯冲而来的一刹那，奋不顾身地纵身一跃，猛然"弹"向它的求生处——刀茬地。

而那只有备而来的白头鹰，恰似一枚拦截"飞毛腿"的导弹，垂直冲向那只弹跳起来的老兔子。

"两兵"相接的瞬间里，就听"扑，嚓！"一声响——

野兔的胸腔，深深地扎进了一节拇指样粗的"刀茬"上。而旁边一节更为高翘的"刀茬"，恰好拦截在白头鹰一只美丽的翅膀上，并残酷地将其一折两段。

野兔，高挑在"刀茬"上，白头鹰翻卷着折断的翅膀，一次、又一次地试飞失败后，其悲哀的鸣叫，证实它：永远也不能在蓝天白云间翱翔了。

卖　羊

男人把羊卖给了小刀手了。女人轻叹一声，说："唉！可怜那小羊，还没有吃过开春的嫩青草……"一语未了，女人的泪水"巴嗒巴嗒"地打湿在她那枯树根一样的手臂上了。

　　六叔集上卖羊回来，天都快黑了。小村里，家家户户，炊烟袅袅。

　　六叔走在街上，不时听到"呱嗒呱嗒"的风箱响，就知道，该是吃晚饭的时候了，再看看沿街的人家，老老少少都围在桌边了。六叔没想到天黑得这么快！

　　本来，卖过羊，接过钱，就没有六叔的什么事了。可他递交羊绳时，那只没有上绳的小羊羔，怎么也不肯跟那个戴鸭舌帽的买羊人走。

　　六叔把兜里喂剩下的几粒豆子，交给"鸭舌帽"，教他把豆子放在掌心，蹲在老羊身边，慢慢地张开手，那羊羔就过来了。可"鸭舌帽"按六叔说的做了，那羊羔就是不去吃他手中的豆子。

　　"鸭舌帽"身后藏着绳子，他想把那羊羔捆扎起来，放在车上推着，省得集上人多跑丢了。

　　六叔不忍心他那样做，六叔说："不用捆，你牵着老羊前面走，它自然就跟着跑了。"

　　"鸭舌帽"试着拽老羊前头走，可那小羊羔却围着六叔"咩咩"的叫着，直打转转。

　　六叔说："这小东西，成精了！"

　　"鸭舌帽"说："你把它抱住，递给我。"

　　六叔知道他要捆扎它。

　　六叔说："这样吧，我给你牵着老羊往前送送。"六叔说，反正他也没有什么事情，帮他送出集外。

　　"鸭舌帽"似乎有些不大放心，含含糊糊地说："……那也行。"

递交羊绳时，"鸭舌帽"问六叔："哪庄的？"

六叔说："下家套的。"

"下家套的？姓什么？"

六叔有些恼！六叔说："跑不了。要不，我把钱再给你！"

"鸭舌帽"笑，说："我不是那个意思。"

六叔说："要不是急着用钱，我还不卖哩！"

"鸭舌帽"一脸坏笑地看着那羊，说："那是，那是。"

后来，六叔帮送到集外后，又送了好远，直到人家说："前面就到了。"六叔这才把羊绳交给"鸭舌帽"。也就在这同时，六叔帮人家揽住小羊，"鸭舌帽"上来就把它捆扎上了。

六叔从"鸭舌帽"捆扎小羊的狠劲上看，那人是个"小刀手"。

当下，六叔就想到，那两只羊，只怕是连明天都活不过去了。

往回走的路上，六叔的心里酸酸的。直到晚上走进家门，他满脑子里还是"鸭舌帽"咬着牙根，捆扎小羊的凶杀样儿！

进门，女人问他："卖了？"

六叔没有吱声。

"卖了多少钱？"

六叔还是没有吱声。但，六叔进屋后，不声不响地从怀里把钱掏出来，放在桌上了。

女人接过钱，凑在灯前的亮光里，蘸着口水，先点出四块七，说是还街口二华家小店的酱油、味精钱；又点出八块，说后天好去下家沟顺他三姨家喝喜酒；还剩下三十二块三，女人一连点了六遍，说："这个钱，不能乱动了，全留给小顺子住校用。"

小顺子读初三了，吃住在山左口联中，每个星期都要花十几块钱。

女人把留给小顺子读书的钱，用一块旧布条包好，放进床头的小包袱里，就来打听那羊的下落。

女人问："那羊，卖给什么人了？"

六叔不吱声。

女人又问一遍："卖给谁了？"

六叔一时心焦！猛不丁地冒出一句："谁出钱多，我卖给谁了！"随后，六叔把脸别在一旁，不搭理女人了。

女人猜到，他一准是把那羊卖给"小刀手"了。早晨出门时，女人还交待过，让他千万别卖给小刀手......

可他，还是卖给小刀手了。

女人轻叹一声，说："唉！可怜那小羊，还没有吃过开春的嫩青草……"一语未了，女人的泪水"巴嗒巴嗒"地打湿在她那枯树根一样的手臂上了。

泣血的呼唤

小羊过河时被河水冲走了，母羊两眼望着波涛翻滚的河水，声嘶力竭地"绵绵"叫着，直至叫破了嗓子。

山与村，隔着一条宽阔的大河。

牧羊人赶羊群到河边，羊们总是不愿意到对面山上去。尽管山上有肥美的树叶和羊们可口的青草，可羊们还是不想趟过眼前那条奔突流淌的大河，河水流得很急。

泣血的呼唤

牧羊人的招数，是把头羊赶下河去，羊们就会跟着头羊趟过河去。说是趟，其实就是让羊们在湍急的河水中游到对岸去。

隔河相望，洁白的羊群穿行在青翠的山林间，就像是一幅浮动画，不时地变换着它的构图。头羊，便是那幅构图的描绘者。

一日午后，大雨。

河水，陡然变得喧腾、咆哮起来。浊浑而不可一世的波涛，打着旋儿，肆无忌惮地翻卷着一团团从山上冲下来的残枝、落叶和漂浮在水面上的大片大片的枯草。

许多黄泡泡，随漩涡与浮柴的沉浮而滋生，使河水充满了一派神秘的生机。

靠近山根的礁石，和伸进河水中的树干上，全都裹着一堆堆"〉"字型的浮浪柴。

那群被暴雨驱赶而来的羊，还没到暮归的时候，全都聚集在离河水七八米高的一块大岩石上。

头羊站在最前面，似乎在期待河水的跌落。

可波涛汹涌的河水，一浪高过一浪。

头羊在犹豫中，忽而冲天声嘶力竭地叫了一声，便如一只离弦之箭，四肢拉成一线，带头扎进了湍急的河水中。随后，河面上便扑腾扑腾地燃起一片水雾，整个羊群都随头羊扎进河中。

河流中的羊们，也像是一团团漂动的浮柴，它们不是顺流而下，而是被河水拉成了一条奔向对岸的斜线儿。

它们中，有仨仨两两地聚在一起的；也有单个儿穿浪而行的。但，面对波涛滚滚的河水，一个个都把头高高地昂起来，既使有大浪打来，全都随浪头的来临而起浮。不好摆脱的便是那河水中的浮柴，一旦是随浪头打到羊身上，尤其是覆盖到羊头上，那羊，立马就被沉重的浮柴按进水底，好半天才能摇晃着脑袋浮出水面。

先期游到河对面的羊，爬上岸后，叉开四肢，猛劲儿抖抖身上的水珠，随后，就跟着头羊，尾随而去。

有一只花耳朵的母羊，在河水中丢失了它的小羊，上岸后一边抖动着身上的水珠，一边"绵绵"叫着，四处寻找它的羊崽。

那时间，河水中还不断地有羊们游上岸来。

那只花耳朵羊，是第一次做妈妈，还不懂得在这么湍急的河水中保护它的羊崽，只顾自己游上岸来。

花耳朵羊两眼茫茫地立在河岸边，"绵绵"叫着，不停地甩着头上、眼角的水雾，以便能在陆续上岸的羊群中，辨清哪是它的羊宝宝。

花耳朵羊，左耳朵上长了一团鸭蛋大的黑斑，其它皆洁白如云。它的小羊也同它一样，左耳上长着块不大的斑。

现在，怎么就找不到它的"小花耳"呢？

花耳朵羊站在河边的泥窝里，亲昵着每一只上岸的羊，期待着下一只上岸的羊，能是它的"小花耳"。

然而，一只，又一只的羊上岸了，总是没有它的"小花耳"。

后来，它看到一只小羊，在另一只母羊的看护下，一点一点地靠近了岸边。花耳朵羊认为是自己的"小花耳"，"绵绵"叫着，伸长脖子迎过去。

然而，那不是它的"小花耳"。

那只小羊上岸后，它身边的那只母羊给它舔着身上的水珠，很快就跟着羊群往前头去了。

花耳朵羊望着翻滚的河水，一声比一声凄惨地叫着。

泣血的呼唤

这期间，它还几次反身到湍急的河水里，以求能找到它的"小花耳"。但，都未能如愿。

花耳朵羊知道，它的"小花耳"就在那河水中。它寸步不离地守望在河水边，两眼直盯盯地望着波涛翻滚的河水，声嘶力竭地"绵绵"叫着，直至嗓子叫破了，殷红的鲜血，从它的嗓子里，一直流到它的胡须上，它还在河岸边一声声嘶哑地叫唤。

斗　狼

捕狼者将药物塞进一只青蛙的肚子里，又将那只青蛙塞进一只鸭嗉子里。让那鸭子无意间从门洞里跑出来被狼叼走。

夏天，快要收麦子的时候，有人在连山湾里下夹子，逮到一只花尾巴的小母狼。从那头小母狼粉嫩、鼓涨的奶头上看，不难想到它的狼崽儿们，正处在憨态可掬的哺乳期。

黑老七亲眼看到了那只被人砸死的小母狼，自然也想到了它的狼崽儿，闲来没事的时候，他就在后山上乱转悠。

黑老七家的麦子地，就在连山湾的后山坡上。从他内心里讲，他也不想在他家的麦子地周围有恶狼出现。

这天午后，黑老七在半山坡的一个密密的树丛里，还真找了那窝狼崽儿，总共三只，全都饿得嗷嗷乱叫唤。黑老七把它们一个个拾到一个柳筐里，背到村头交给一帮孩子们"灌水鬼"玩。

灌水鬼，就是找一根细麻绳，或是长长的布条、不是太粗的草绳也可以，不松不紧地扣在那小狼崽的脖子上，拎到河里或水塘边，猛往下一墩，让它喝几口水后，再提起来。然后，再往水里猛得一墩，再提起来，直至那小家伙把肚子喝成小圆鼓一样，奄奄一息地死去。

黑老七不知道孩子们是怎么样整死那三只小狼崽的，他把那狼崽们交给村头正在河里洗澡的一帮孩子，他就不管了。

黑老七觉得，他有必要把狼们都消灭掉，尤其是在他家麦子地周围发现了狼，更要消灭掉！但他没料到，狼是复仇性很强的家伙。就在黑老七抱走狼崽的当天夜里，那头四处寻找它伴侣和子女的大公狼，嗅着黑老七留下的气味，一路找到连山湾村，找到黑老七的家门口。

那段时间，黑老七家的小花狗正在走秧子，招来三、五条大公狗在他们家院子里想美事，那只前来复仇的大公狼，正好和黑老七家小花狗招来的一群大公狗较上劲啦，那可真是应了"好狼抵不住一群狗"的那句话啦！狼狗之间，拉开架势，就在黑老七家的院墙外面嘶咬开了。

黑老七呢，原本是想着后山坡上他那几亩好麦子快熟了，别让谁夜间给捋去麦穗儿。也就是说，黑老七夜里睡不好觉，老是想着后山坡上他那几亩好麦子。半夜里听到狗叫声，他索性不睡了，起来去后山看看麦子去。

拉开房门，就听到狗叫声已逼近他家巷口了，黑老七随手扛起把铁叉，走到小巷口那，看到三、四条大狗咬成一团，他无意中用手中的铁叉去挑开它们，他不想让那些狗们在他家门口乱咬乱叫。他屋里正睡老婆孩子呢！尤其是他那宝贝儿子黑蛋儿，还不到两岁，正是哭夜、尿坑的时候，闹得家人夜夜都睡不安生。

所以，他黑老七伸过铁叉，就是想把那一群狗们给挑开。可他不知道，其中一只背上长一道白毛的家伙不是狗，而是一条来复仇的大公狼。

此刻，那家伙正被三、四条大狗围困着，偏巧黑老七的铁叉向它伸来，那家伙气极败坏，看到一个东西向它伸来，认为是什么致命的物件威胁到它，反身一口咬去。

可好，雪亮、尖利的铁叉尖儿，被它咬个正着，并深深地扎进那匹大公狼的上唇额中。那匹大公狼疼得呀，直落眼泪！但它不俾不吭，强忍着剧痛，猛一摆头，将叉尖从口中硬生生地拔出来。

月光里，黑老七只感到对方猛抽动了他的铁叉一下，但他不知道那是大公狼是在摆脱困境。

接下来，大公狼一声低"呜"，甩着满口的鲜血，跳进一旁的篱笆墙，逃跑了。几只围追的大狗，跟着乱叫了一阵，各自散去。

黑老七呢，认为他赶散了狗，家门口就安静了，老婆、孩子可以睡个安稳觉了，点上一支烟，一路没事人似的，向着后山他家那几亩麦田走去。可他那里想到，那只被他扎穿额唇的大公狼，没等他走出村外，就喷着满嘴的鲜血找到他家门复仇来了。

黑夜里，那匹大公狼，幽灵一般，左躲右闪，再次来到黑老七家院时，黑七家那只起春的小母狗，早就吓得不知去向了。

大公狼，站在黑老七家的院墙外，四处张望了一番，见没有动静，便沿着黑老七走过的路线，轻轻地推开大门，然后，又悄悄地推开黑老七家的堂屋门。看到黑老七的女人正点着油灯给孩子把尿，那条大公狼瞪圆了两只绿灯笼一样的贼眼，躲在暗处守候了好长一阵子，就在屋里的女人听到响动，怀疑有谁推门，问了一句"谁？"时，那匹大公狼腾空而起，如同一道闪电，张开血盆大口，冲着床上的女人和黑蛋儿猛扑过来。

女人下意识的一个闪身，那匹大公狼上来就撕扯开女人的衣衫，并在女人的背上留下了一道血糊糊的牙印。但，女人一点也没有感觉到疼痛，女人露出光光的脊背和两个白晃晃的奶子，下意识地把孩子推到身后。

大公狼跌落在床前，迅速往后退了两步，但此刻，它已亮出了青面獠牙，气喘休休地伸出它那带血的长舌头，背上那道马鬃一样的白毛，全都直直的竖起来，明白无误地告你，它是多么的凶残、可怕！

但此刻，女人已不知道害怕，她只想着保护好她的孩子，就在那匹大公狼再次跳起来时，女人抓过床上一个枕头砸去！说时迟，那时快，就在那狼张圆了血口猛扑过来时，女人手中的枕头恰好塞进那大公狼的口中。

那狼咬住枕头，坠落在床前，女人很快又抓到床边的另一个枕头，那狼变换了一个角度，再次扑来时，女人便把手中的枕头，当作防卫的工具，劈头盖脑地向那狼砸去，竭力不让狼咬住枕头。但是，几个回合下来，女人手中的第二个枕头，还是被狼咬去了。

这时间，女人早已把黑蛋压在腿底下。至于说，她是何时把黑蛋儿压在腿底下的？她记不得了。她只想着将黑蛋儿推到一边。可那不懂事的黑蛋儿，被推到一边后，很快又呜哇地哭着，拱到娘的怀里。娘是处于保护他，才将他压在腿底下。可那匹大公狼就拼命地要从女人腿

泣血的呼唤

底抢走黑蛋儿。

在女人把床上的东西都砸向狼时，那狼已经懂得床上的女人不是它的对手，它慢慢往后退了几步，又退几步，就要作最后极其凶残的一跃时，女人一把抓过了床头的那盏豆油灯。

刹那间，说不清是油灯燃起了床头的草，还是油灯里的油溢出来，助燃了床头那发了黄的墙纸。总之，女人一抓那油灯，床头顿时燃起了一大团火光！那匹大公狼认为要放火烧死它，吓得一跳三尺高，随之，调头逃窜。

待女人扑灭了床头的火，关好房门，再抱起床上的黑蛋儿，黑蛋早已被她压死了。

女人那个哭呀！尤其是女人得知这一切，是因为黑老七灭了那匹大公狼的三只小狼崽时，女人抱住黑蛋儿，哭天嚎地地说：

"这真是报应呀！"

等黑老七抱着黑蛋儿，要往乱葬岗里送时，村里的老人都说，复仇的狼，是要复仇到底的，建议黑老七把孩子挖个坑埋掉，别让那狼拣了便宜。尤其怕那大公狼吃过了黑蛋儿，再去遭踏村里的其他孩子。

黑老七按村里老人的指点，在后山坡上挖了一个两米多深的坑，把黑蛋儿放进去，上土时，又覆盖了厚厚的一层白灰，防止狼扒窝子。

可那一切，都没有抵住那盗墓的大公狼。它在黑老七把黑蛋儿埋下的当天夜里，就把黑蛋儿扒出来吃了！

就这，那凶残的家伙还没有了结，它把黑老七家的羊叼走了，猪咬死了，还把黑蛋儿的头骨给放在村口的石碾上示众。

村里人都说，黑老七要倒霉啦，那匹大公狼与他较上劲啦！有人建议黑老七，快找个地方躲躲吧。否则，全家人的性命都难以保障。黑老七也想到了那一层，他也曾动意，想带着老婆出去躲上一阵子。可庄户人家，支就的土屋、打好的火坑，躲到何处才是家呢？

黑老七抱头想了又想，决定送女人回娘家，他一个人留下来，与那家伙较量。

女人回娘家的当天，黑老七不等到太阳落山，就早早的把院子里的鸡呀、狗的，全都关到屋里藏起来，并借来一杆火枪，听到院子有动静，就放上一家伙，原认为那样会吓跑那匹大公狼。

谁知，那匹大公狼一点都不畏惧！它能准确的辨出黑老七何时抱着火枪在窗口等着它；也能辨出黑老七何时正抱着火枪打盹儿。

于是，那匹大公狼单等黑老七睡着了时候，往他家锅里撒尿，院子里屙屎，还把乱葬岗里，发了臭的小死孩头骨什么的，叼到黑老七的家院子里吓唬他。

村里人，看到黑老七与狼的决斗，个个都为黑老七捏着一把汗！尤其是到了后期，黑老七放火枪，那大公狼不害怕了！黑老七自己也觉得胆怯起来，夜夜都不敢睡觉。

无般无奈的时候，黑老七上街买来两斤死猪肉，拌上四两耗子药，扔在院子里，想药死个狗日的。

可那家伙知道其中有诈，连闻都不闻。它单吃黑老七家会跑的、会叫的、会跳的。尤其是捉到黑老七家院子里的鸡、鸭，见一个，吃一个，见两个，吃一双。

黑老七摸到它这个规律，便想出一个妙计，选在一天后半夜，将毒性更强的一种耗子药，裹进一个小纸包，塞进一只青蛙的肚子里，又将那只青蛙塞进一只鸭嗉子

69

里。让那鸭子无意间从门洞里跑出来，早就藏在篱笆墙外的那匹大公狼，上来就给叼走了。

第二天早晨，黑老七在村头小河边，果然找到了那匹大公狼的尸体。

第三辑　遥望乡野

　　某一天，我突然感觉自己是一只漂浮在城市上空的风筝，连接我这只"风筝"的线绳，牢牢地系在遥远的乡野。我敢说，每个城里人，最多追其三代，一定能在乡下找到他的祖宗。这便是我这个城里人对乡村的情结所在。我们眷恋乡村，是因为那里埋藏着我们祖先。于是，永生难以释怀！

一筐苹果

　　他是这个单位的主人，而单位分苹果时，恰恰没有他的。那是个落雨天，他坐在窗前，看到最后一筐苹果，被单拉打扫卫生的人拉走了，竟然没有他的。

　　中秋节的前一天下午，下雨。文化馆买来好多苹果，堆在传达室门口的廊檐下。谁下班走，谁去找自己的那一份，苹果筐上都贴着纸条。王大民坐在窗口，看人家

71

泣血的呼唤

相互搭手，把苹果筐抬到自行车后座上，有说有笑地推着车子走了，心里很不是滋味。

王大民不知道那苹果有没有自己的，他是前任局长唐家全弄到局里来"帮忙"的。

原先，王大民在下边一个乡文化站当站长。前年冬天，县里搞文艺汇演，王大民以一出淮海剧《挑盐》，在全县拿了编剧奖。后来，那个节目拿到省里，还获得"五个一工程"奖。

唐局长看王大民是个人才，就把他从下边"挖"上来，放在县城文化馆剧目组搞编剧，计划找机会先把他户口解决了，有可能的话，再给他转个干什么的。让他专心在县文化馆搞创作。

谁知，八字还没成一撇，唐局长调走了。准确地说，唐局长是被人家挤走的。新来的局长不关心他的事，背后还放出风，说文化馆的人员超编，富余人员，哪里来的还到哪里去。这分明是针对他王大民的。早知是这样的结果，老婆孩子别往县城接就好了。而今，一家老小都跟着他风风光光地进了县城，怎么好有脸面再往乡下搬哟！

王大民曾经想去找找刚来的新局长，可听人家说，新局长和前任局长唐家全是死对头，他也就死了那个心。再返回头去找唐局长，显然是不现实的，他唐家全是被人整走的，调到一个山高皇帝远的林场去当什么书记，自己还顾不了自己，怎么好再去给他添乱呢。天塌下来，一个人顶着吧！

但，王大民的日子不好过，自从新局长到任后，他不敢多讲一句话，整日如履薄冰，时刻担心人家一脚把他给踢了。

早知道上头变化这么快，杀他一刀，他也不会到县文化馆来。现在进退两难了。文化馆里原先吃过唐局长苦头的人，还有那些忌妒他王大民走红一时的人，都把他王大民定格为唐家全的人。这会儿，很少有人正眼看他。

王大民呢，也不亏为七尺男儿，在外面受了天大的委屈，回到家只字不提一个"恼"字，更别说在老婆、孩子面前唉声叹气了。他觉得，一家老小，尤其是七十多岁的老母亲，跟着他来到县城，原本是让她们享福的，怎么能让她们跟着受委屈呢？所以，王大民心里再苦，回到家仍然装作没事人一样。可他，深知自己的处境日趋艰难。

就说这分苹果，他担心没有他的。果真被他猜中了！王大民坐在窗前，眼睁睁地看到廊檐下，最后一筐苹果，被打扫楼道的王嫂搬走了，他心里真像是被人捂上一把盐一样难受。

不是他王大民买不起一筐苹果，这明明是在排挤他，是给他难堪呀！你王大民在文化馆到底算是干什么的？连个打扫卫生的王嫂都不如。还什么创作员，"五个一工程"奖呢？狗屁！

想当初，他王大民在乡下干文化站长时，也是乡里一块响当当的牌子，哪个能小看他呢？现如今，怎么混到这个地步！

晚上，往回走时，幸亏小雨下大了，王大民把雨衣使劲罩在脸上，走到大门口，连声招呼都没打，头一低，走了。

回到家，六岁的小女儿甜甜，看到人家的爸爸、妈妈都驮来苹果，她也要吃苹果。王大民没好说没有爸爸的苹果。他哄女儿说："爸爸的苹果放在办公室里了，明天给你带来。"甜甜不让，缠着爸爸现在就要吃。甜甜说："你去办公室驮!"甜甜还说,她要跟爸爸一起去。

王大民没有吱声,可此刻,他心里极为苦闷!他拦过女儿,强打着精神,说:"甜甜听话,爸爸明天一定给你把苹果带来。"不懂事的甜甜,噘着小嘴,说:"不!我现在就要。"她已经看到院子里,别人家的小朋友吃苹果了,所以,甜甜现在也要吃苹果。王大民一拧头,说了声:"好!"随之摸过门旁还在滴水的雨衣,开门走了。

时候不大,王大民当真扛来一筐苹果。

那时间,他浑身上下都湿透了,女人看他湿成个"落汤鸡",问他:"你的雨衣呢?"王大民忽而想起来,雨衣忘在街口的水果摊上了。

吃喜礼

空着肚子,等着去新郎家吃喜礼。可从早晨,盼到午后,人家都没来请他去吃喜礼。

东街,六顺他三哥结婚,我们家提前三天就送去了喜礼。我妈专门找了一张两块钱的新票子,用红纸包上,让前院顶山大叔一块给带去。

顶山大叔跟我们家是近门。我父亲长年在外面工作,家庭里有个啥事,顶山大叔都主动帮护着。

我那时小,跟六顺一个班读书,可能是读三年级。

六顺他哥要结婚,六顺提前好几天就不去上课了。我直到六顺他哥正式结婚那天,才跟班主任老师请假。

请假时,我没说是去六顺家吃喜礼。其实,就是去六顺家吃喜礼。

在乡下，吃喜礼是大人们的事，一般人家的孩子是捞不到的。因为，一个家庭中，能去吃喜礼的，只有主事的男人或年长的老人去。若家庭中没有主事的男人，那就叫孩子去，就像我们家这样，父亲在外面工作，哥哥在外面念书，遇到这种事，就只有我去了。

乡下吃喜礼，天一亮就开始了。

头一拨来坐席的，都是当庄上人，不算主要的客人，土话叫"头茬客"。"头茬客"吃过了，后面才是姑家、姨家的正门亲戚。

但，"头茬客"要上门"请"。要不，人家不好意思来。这里面的道理是多方面的：一则是庄亲庄邻的出礼轻，不好意思去吃。像六顺他三哥结婚，我们家才出两块钱，这要是姑家、姨家的表哥、表姐结婚呢，最少要出到六块、八块才行。再就是自我感觉不是正客，不能那么堂而皇之地去吃人家的喜酒。

但，作为喜主家呢，还必须请人家来坐坐，否则，是很失礼节的事。

这样以来，本村的客人就多了一道工序——上门请。

有时，上门请一趟不行，还要反复请。

这就难坏了喜主家上门请客的后生，他们拿着贵书（为喜主家计账收钱的人）开出的请客名单，一家一户地喊人去坐席。

尽管被喊的人家，早就留着空肚子等着了，可一旦请客的人上门了，总要客气一番，说："算了吧！别弄些事了，本庄本团的。"

要不说："你们家忙乎乎的，还来请什么请，快回去忙吧。"

这都是些客气话，说着好听的。

请客的人呢，一边用笔划着被请人的名单，一边连拉带扯地说："快走，快走！那边就等着你一个人开席了。"其实，他没请到的人还多着哩，请到哪家，都要这么假么假事地客气一番。

六顺他三哥结婚的那天早晨，我就听到顶山大叔跟人家假客气。

顶山大叔说："你们快去忙去吧，我都吃过早饭了。"

其实，根本没有那回事。弄不好，顶山大叔头天晚上就留下了空肚子。但，此刻，他还是要假客气。

我们家也是，一听前院喊顶山大叔去坐席，就猜到下一个，准是到我们家来请，我妈忙找了个小凳子，让我坐在桌前，假装要吃饭的样子，等人家上门来请时，好假客气一下。

哪知，我坐在桌前等了小半天，也没见请客的人到我们家来请。

当时，我妈还纳闷，怎么不到我们家请呢？难道顶山大叔没把喜礼带到？再一想，他不是那样的人呀！这吃喜礼的事，都是摆在桌面的事，谁家出没出礼，一看请客的到不到你家请就知道了。他顶山大叔再糊涂，也不能把人家的喜礼钱给落下了。再一想，也许是人家安排到下一茬去了，这也是喜事上常见到的。

我妈让我耐心等着。还说，坐第二茬，肚子饿空了，吃得更多。

可我的肚子饿得咕咕叫，可难受了！

那时间，我们家的早饭做好了。我妈为了让小妹不眼馋我去吃喜礼，专门炒了豆腐菜，麦子煎饼。我坐在一旁很想吃了，可我妈让我上一边去，看都不让我看。

我妈说："等会儿，有'八大碗'等着你。"

乡下坐席都是八碗菜，统称"八大碗"。

我看到小妹，麦子煎饼包着两面被油煎得黄黄的豆腐，大口大口地吃，馋得我直掉口水。

我盼望着六顺家请客的人，快来请我去坐席。

可我怎么也没想到，我从一大早开始盼，一直盼到太阳过午，都没见到六顺家来人请我。

这期间，我在家饿得乱转转，我妈愣是不让我吃东西，一定要我等六顺家来请我去坐席。

后来，我妈看六顺家老是不来人请，曾几次想去前院问问顶山大叔，把俺家的喜礼带没带到？又觉得那样直接问不太好。再说，当天顶山大叔吃过喜礼回来后，就醉得人事不知了。

可六顺家，为什么不到俺家来请客呢？

这件事，我妈好几天以后才知道底细。原来，六顺家误把顶山大叔带去的两份喜礼，当成顶山大叔一个人的了。

为这事，六顺他爹亲自到俺家来道歉！并答应：过两天瞧亲时，一定让我去补吃一顿"八大碗"。

果然，六顺家瞧亲那天清晨，我还在睡梦中，六顺他爹就站在我们家墙外高一声、低一声地喊了！

花　匠

花匠，是个修鞋的。可他睡了村里的小寡妇，人家都叫他花匠。他坐牢前，所修的一双鞋，直至出狱后，他又送来了。

泣血的呼唤

　　花匠，并非是个扎花的巧手匠人。而是个地地道道修鞋子的。按理说，那样的人，应该叫他修鞋匠或臭皮匠。可乡里人背地里偏偏叫他花匠。

　　在我们老家，苏北、鲁东南一带，乡里人管打铁的、抹墙的、锢大缸、捏糖人的、以至上门修锁配钥匙的，一概称之为匠人，修鞋的自然也不例外。可能是修鞋的花匠人，叫起来有点绕口，乡里人干脆借题发挥，叫他花匠。既省事，又能道出他曾经有过的污点。

　　花匠，个头不高，圆脸、撅嘴，一对小眼睛，笑起来韭菜叶样宽，抬头看人时，下巴总是往前仰着，他头上的毛发很少，稀稀拉拉的几根，如同盐碱地里长势不旺的枯草，软巴拉几的，跟婴儿胎毛似的。在乡下，在我童年那个吃饭、穿衣都成问题的年代里，这样的男人，是很难讨上老婆的。

　　所以，花匠一把年纪了，仍然是个光棍。

　　花匠，不是我们村里人。他的家，在西石岭那边，具体是哪个村的，我们小孩子说不清楚。

　　在我童年的记忆里，每隔几天，就能看到花匠挑着担子，领着一条摇头摆尾的黄狗到我们村里来修鞋子。夏天，花匠选个树荫地儿；冬天，花匠支把可以折叠的小马扎，就坐在供销社大门西边的太阳地里摆开修鞋的摊子。有来修鞋子的人，可以把要修的鞋子放下。但是，不能私自把修好的鞋子拿走。花匠身边那只黄狗可是花匠的"眼睛"。它守护花匠的鞋摊，如同牧羊犬照看它的羊群一样专注。

　　花匠唤那只黄狗叫狗儿。

　　"狗儿！"花匠唤一声，那黄狗立马竖起耳朵。花匠说："把那边的鞋子叼过来！"

那黄狗过去就把花匠要的鞋子叼来。

花匠说："狗儿，照看好鞋摊，我要去撒泡尿！"说完，花匠猫起腰，拍打着围裙上的线头与皮屑，去供销社里面找茅房去了。那黄狗，便成了鞋摊的主人。谁若想在这个时候动鞋摊上一根废弃的钉子，那黄狗都要瞪圆了眼睛，冲你一阵狂咬！

回头，快晌午时，花匠打开一个灰不拉几的旧饭盒要吃午饭了，那黄狗便伸长了舌头，眼巴巴地望着花匠的嘴巴，花匠时不时地会拧一块饼角，往空中一抛，那黄狗嘴巴一张，就接住了。有时，围观的人多，花匠做表演似的，故意把手中喂狗的食物抛得很高，那黄狗，腾空一跃，耍杂技一般，准能把空中的食物捉住，逗得大伙嘻嘻哈哈地乐。花匠也乐！花匠乐的时候，就会拍拍那黄狗的头，唤一声："狗儿！"随之，又一块食物，递到它嘴边。

傍晚时，花匠要收摊子了，当天没顾上修的鞋子，花匠要带回去修好，待下一个集日再带回来。小村里人认识花匠，都放心他把要修的鞋子带回去修。尤其是费时费工夫的鞋子，集日里即使有空闲，花匠也不马上给你修。尽量让你下一个集日来拿现成的。

我之所以记得这些，是因为我父亲有一双黑色皮鞋交给花匠修过。

七十年代初期，乡间村民没有谁能穿得上皮鞋。可我父亲有一双乌黑锃亮的牛皮鞋。那时间，我父亲在相邻的公社工作。父亲的穿戴很上讲究。父亲那双牛皮鞋，平时不怎么穿，偶尔到县里开会时穿一次，回来后，马上弹弹擦擦收起来。即使如此，时间久了，那鞋子还是裂了。

泣血的呼唤

父亲去修鞋子时，我像个小尾巴似的，跟在父亲身后。我清楚地记得，花匠瞥见我父亲手上的皮鞋时，半天没有言语。现在想来，那一刻，花匠可能有点不知所措。末了，花匠还是要过我父亲手中的鞋子，仔细看了看，放在旁边的小木箱上，之后，花匠仰起下巴，以商量的口气，冲我父亲笑着说："下一集日，来拿吧？"

花匠说的下一集日，是指五天以后。

可，谁能料，就在我父亲等待下一个集日的空档里，花匠犯事了。他偷睡了本村一个小寡妇，被那小寡妇的大伯子捉到，当场打个半死。然后，送给公安局，说他是强奸犯。

这以来，父亲不好为一双皮鞋，去找那个被刑拘起来的修鞋匠讨说法。但，父亲的皮鞋"修"而难得了！母亲埋怨我父亲，说："你看看你，多好的一双皮鞋，你早不修、晚不修，偏偏等人家犯罪了，你去修！现在好了吧，修没影了吧。"

父亲不吭声。

父亲内心深处也很眷恋他那双皮鞋。当年秋后，父亲到县里开会，私下里还托人打听过那个修鞋匠的下落。回来后的晚饭桌上，父亲跟母亲拉呱时，说："那个小鞋匠，也怪可怜的！正被管制劳动，在城北化肥厂那边拉煤渣铺路呢。"母亲问："你问没问他皮鞋的事？"父亲说："警察看守着，谁能过得去！"

母亲响响地喝着碗里的糊糊，半天没有吭声。

再后来，时间久了，村里人慢慢忘了那个修鞋匠。我们家也不再提父亲那双皮鞋的事儿。

可，事隔七年后，我已经到镇上读中学了。一天，放学回来，有人说那个修鞋匠劳改释放后回来了，正在我们村供销社旁边的大杨树底下修鞋子。我跑去一看，果然是他。所不同的是，他身边那只黄狗没了，可我父亲那双皮鞋被他修好，且，擦得乌黑锃亮，正摆在鞋摊当中最显眼的小木箱上……

闫蛮子

闫蛮子逃荒来到河北岸。他常讲他们家乡河南的故事。讲着讲着，闫蛮子的眼里有了晶莹的泪。

十里变风俗。

我们老家，一条龙庙河之隔，两岸人说话的语调就不一样了，龙庙河南岸的人说话明显地变蛮。

闫蛮子就是个例子。

我们说"知道了"，他总是会说"晓得了，晓得了"，尤其说到那第二个"晓得"时，他会把声音拖得长长的，有时，不耐烦了，还要拐个弯儿。

我在读小学前，找他看过一回病。

印象中，那天天气阴阴的，妈妈把我从小街上喊来时，父亲正陪闫蛮子坐在我们家堂屋的小饭桌前喝茶水。

我一进门，父亲就说："你把裤子脱下来，让你表大爷看看。"

我不明白，他姓闫，我姓相，怎么就跟他叫表大爷的？等我长大才知道，那都是乡道亲、胡乱称。跟他叫个表大爷是对他的尊称。

闫蛮子问我："想屙屎吗？"

泣血的呼唤

我说："不，刚刚在南粪场上屙过了。"

"噢！晓得了。"闫蛮子冲我父亲点点头，那意思这会儿不行。

我当时的毛病是，一解大便，就有一小块肉蛋蛋从屁股里跑出来，解过大便后，它还不及时回去，要夹在我屁股里好半天，磨来蹭去，很难受。

闫蛮子说："等他屙屎的时候再说吧！"说这话时，闫蛮子想走。

父亲觉得请他来一趟不容易，让他再等等，随问我想吃什么？想让我吃点什么，把大便顶下来。

我妈在一旁问我："煮地瓜给你吃？"

我说："不！我要吃面条子。"

那时间，乡下穷，不逢年过节，是捞不到吃面条子的。

我跟我妈说："我要吃面条子。"我还告诉我妈面条子比地瓜好吃。

我妈说："好好好！给你擀面条子。"

回头，等我妈去锅屋给我擀面条子时，父亲跟过去，让我妈多擀一点，让老闫也吃一碗。

老闫就是闫蛮子。那时间，闫蛮子有六十多岁，白白胖胖的，满脸的白胡子，见谁都是笑笑的。

闫蛮子告诉我父亲，说："别破费了！煮点面给孩子吃就行了。"

父亲说："哎！平时想请你还请不到哩。"

闫蛮子就笑。

后来，等我吃过面，好不容易解出一点大便时，闫蛮子让我把屁股撅起来，他两手搭在膝盖上，弯下腰仔细看了一阵，说："晓得了，晓得了！"随伸出左手的食指，轻轻拨弄一下我的小鸡鸡，说："把裤子提上吧。"

第二天，我又解大便时，父亲从火柴盒里拿出一根细细的黑线，给我系在那个小肉蛋蛋的根部。那黑线是闫蛮子给的，上面可能涂了什么药，不几天，那黑线不见了，我屁股里的小肉蛋蛋也不见了。

父亲夸闫蛮子的医术好，真好！

父亲说，闫家对中医世代都有研究。父亲说的闫家，是指闫蛮子父亲的父亲……

那些，我们小孩子不知道。

我打记事的时候起，闫蛮子就是个白白胖胖的小老头。他在街口开一个不大的药铺儿，货架上摆满了红药水、紫药水，还有明矾、车前草、桔子皮、长虫(蛇)皮……长虫皮是我们小孩子在沟坎、河坡的树丛里拣来卖给他的。五分钱一条，不管大小，只要你把长虫皮送到他的小药铺子里，他当场就给钱，还有鼓励政策，同时拣到两条的，给一毛二分钱。

天长日久，我们小孩子们学精了，为多赚他二分钱，专门把两个人拣的长虫皮放在一起去卖。那样，闫蛮子也给一毛二分钱。还夸我们小孩子真聪明！但，他的女人不行，他屋里的女人老是会审问我们：

"都是一个人拣的吗？"

我们说："是。"

"不对吧？……"

闫蛮子的女人上下打量我们。

我们小孩子经不住她诈，很快就说实话了。

这时间，我们就盼望闫蛮子快出来帮我们说话，只要闫蛮子在场，他就会多给我们二分钱，还要批评他女人说："小孩子家的，你跟他们认真干什么！"

我们都喜欢闫蛮子。

闫蛮子也喜欢我们小孩子。

夏天午睡时，闫蛮子铺一张破蓑衣放在他药铺门口，我们小孩子们都挤过去听他讲故事。闫蛮子讲的大都是龙庙河南岸的故事。

闫蛮子的老家在龙庙河南。

闫蛮说，有一年，龙庙河南岸决了口子，好多人畜淹死了，大片的庄稼绝收，他就是那一年逃荒来到龙庙河北岸的……讲着讲着，闫蛮子眼里有了晶莹的泪。

我们小孩子不知道他是伤心了，还让他讲。

闫蛮子说："我不想再讲了，你们晓得不晓得？"

"我们不晓得！"

啊！——我们也跟他变蛮了。

桂　枝

爹娘不在了，桂枝为婚事为了难。找了个当兵，她没看好！大姐说，能找上个当兵的就不孬了。大姐劝桂枝，愿意了吧，你都给人家纳过"鸳鸯"鞋垫了，怎么好改口不愿意呢？"

桂枝十二岁死了爹，十八岁又死了娘。在她哭着没有依靠的时候，大姐桂香紧拉住她的手，说："别哭了，有大姐一口吃的，就有你一口吃的；有大姐一件穿的，就有你一件穿的。"

大姐桂香比桂枝大不少。桂香的大女儿就有桂枝那样高了！桂香在姊妹中排行老大，桂枝是老小，中间还有四个兄弟。

桂枝拿大姐当娘一样看待，凡事都来跟大姐说说。

好在大姐婆家村离娘家不远，桂枝经常是傍黑在地里干过活，扛着铁锨什么的，就到大姐家去了。

桂枝到大姐家，大姐也不用重新做饭，赶上什么吃什么。有时，赶不上饭时，就嚼块煎饼，喝口开水拉倒了。都是亲姐妹，还有什么好讲究的。

有一回，桂枝一大早到大姐家来。进门，就扯大姐到里屋床沿上，掏出一张小照片给大姐看。

大姐端详了半天，说："人家是当兵的，还有什么可挑剔的。"

桂枝说："这是半身像，我怕他个子不高！"

大姐说："个子不高，还能当上兵呀？！"

桂枝不吱声。

大姐问："他家庭怎样？"

桂枝说："三间大堂屋，还带围墙。"

大姐问："你去看了？"

桂枝说："媒人说的。"

大姐脸一沉，说："怎么能轻信媒人的话呢？"

大姐问桂枝："哪庄上的？"

桂枝说："北河套的。"

"姓什么？"

"姓崔。"

"住在庄哪头？"

"紧靠着供销社，听媒人说，他家院子里有棵大槐树，大槐树上还有个喜鹊窝。"

大姐没有吱声。

过了几天，也就是大姐去北河套看过以后，回来跟

泣血的呼唤

桂枝说："愿意了吧，他家里真是三间大堂屋，就是院墙没拉整齐，有个大豁口子，小孩从上面来回爬。"大姐告诉桂枝："你过了门，一定要想法子，把那豁口堵上。要不，晚上他不在家，你一个人不安全！"

桂枝轻咬着嘴唇点点头。

这以后，桂枝就经常找人给照片上那人写信（桂枝不识字），还给那人做"麻脸底"的鞋、纳"鸳鸯戏水"的袜垫子什么的。

大约一年后，照片上的那人回来探亲，桂枝去见了一面，当晚就跑回来找大姐。桂枝问大姐："那人，怎么没有照片上的人受看？！"

说这话的时候，桂枝低着头，直碾脚尖儿。

大姐就问她："哪地方不受看？"

桂枝说："脸！"桂枝还说那人说话娘娘腔，难受死了！

"哎！——"

大姐长叹一声，让桂枝别往高处攀，要往低处想，凡事要先亮亮自己的家底儿！言外之意，你要求人家这样那样，你自己有什么呀？爹娘都不在了，能找上个当兵的就不孬了。大姐说桂枝，愿意了吧，你都给人家纳过"鸳鸯"鞋垫了，怎么好改口不愿意呢？大姐说："跟着哪个男人不是过日子！"

大姐拿她自己作例子，说当初她也没看好桂枝现在的大姐夫，到头来，不也是有儿有女了吗？大姐说桂枝："别挑剔了，有个男人就是家！省得以后，再往大姐这儿跑了。"

桂枝不吱声，一个劲儿地抹泪水。

大姐就算她默认了，给对方回过话，让人家男方拾当拾当娶过去吧!

......

转过年，桂枝有了身孕。大姐去过几回，看桂枝肚子滚圆圆的，就跟桂枝婆婆猜测说："女孩一条线，男娃地瓜蛋，没准是个男孩。"

果然，不久真生下个大胖小子。

大姐高兴得直夸桂枝有福气!

大姐还跟桂枝婆婆打哈哈说："当初，幸亏我这个当姐的硬撑下这门婚事，要不，这毛蛋子哪里来哟!"大姐说着，还"哈哈哈"地笑了。

三朵儿

三朵儿怀上私生子，被一个老男人领走了。这事情过去很多天后，三朵娘忽然想起什么，拦住大奎媳妇悄声问："领朵儿走的那个男人，脸上怎么那么多疤的?"

那一年，大队里组织戏班子，三朵儿演李铁梅。

三朵儿腰身细，白白的瓜籽脸儿，扎一对大辫子，上台演出时，把两条长辫子辫成一根独辫子，辫稍上系根长长的红头绳，再借大奎媳妇结婚时的小红棉袄穿上，不用化妆，就像《红灯记》里的李铁梅了。

大奎媳妇也在戏班子里，她演李奶奶。

有一场戏是李奶奶痛说革命家史，要求三朵儿在动感情时，要有痛苦状，猛扑到大奎媳妇的怀里，头顶着大奎媳妇的下额，大声说："你就是我的亲奶奶!"

可这句台词，三朵儿怎么也不好开口。她跟大奎媳妇是平辈的，平时她喊大奎媳妇"大嫂"，两家又住东西院儿，很不好意思的！

三朵儿没有什么文化，台词都是人家一句一句教的。可费劲了！

好在三朵儿学得认真。

晚上，饭碗一撂，她就趴在墙头豁口处喊：

"大嫂，吃完了没？走呀！"

大奎媳妇屋里应一声，立马端着饭碗或叼块煎饼出来，不是让三朵儿等她一块儿走，就是让三朵儿前头先走吧。

大队部那儿，天一黑就有人把汽灯点着了，谁去早了，谁就敲锣鼓招惹人。

半夜，排练结束了，两人结伴回来。有时，走到巷口，还听两人在对唱腔或背台词哩！

春节时，他们把排练了一个冬天的《红灯记》，演给本村的干部群众看。然后，又到外村，演给外村的干部群众看。正月十五，还参加了全公社的文艺汇演，一直演到出了正月，农忙了，戏班子才解散。

临解散时，戏班里的人都有些恋恋不舍，怎么说他们男男女女的在一起热热闹闹了一个冬天了，一下子要分开，能不留恋吗？尤其是女孩子，个别的都流泪了！

三朵儿回到生产队劳动后，很长一段时间不适应，在地里正干着活，或走在路上，时不时地就哼上戏文了，刚开始的时候，一到晚上，她还想喊着西院的大奎媳妇再往大队部里去哩！

可过了一段，三朵儿忽而变了个人似的不吱声了，干什么都没了精神！等娘发现她老是一个人对着灯影发呆时，她肚子都鼓起老高了——怀孕了。

这可了不得了，一个大姑娘家怀上孩子，丢死人啦！

朵儿娘手背拍打着手心，骂着朵儿，拧着她的耳垂子，问她那个人是谁？

三朵儿滚着泪水不吱声。

朵儿娘反插上小里间门，摸过门后的扫把，点着三朵儿的脑门问她说不说？

三朵儿紧咬着牙根，还是一声不吭。

娘打了、骂了，感觉还不是办法，便悄悄找来西院大奎媳妇，问她知道不知道这事情？

大奎媳妇也大吃一惊！

大奎媳妇让朵儿娘先出去，她要跟三朵儿细说说。可说到最后，三朵儿说她不想活了！

这可怎么办？

近门的婶子、大娘帮着出主意，说赶快给她安个婆家就好了。哪怕是失家的，光棍汉什么的，都行。

这一说，大奎媳妇想到她娘家有个远房的哥哥在东北，前年失了家，要是朵儿不嫌弃，让她嫁得远一点？

朵儿娘说："这事儿，由不得她了，你快发个电报去，叫你那娘家哥哥来领人吧！"

大奎媳妇连夜发去电报。

三天后，一个四十多岁的男人，拎着个灰乎乎的黑提包，一路打听着先找到西院大奎家。当晚，那男人就把三朵儿领走了。

……

这事情过去很多天，忽一日，朵儿娘想起什么，拦住大奎媳妇悄声问："领朵儿走的那个男人，脸上怎么那么多疤的？脖子上也是的！"

大奎媳妇说："哟！忘了跟你们说了，那是他家起火烧的……"大奎媳妇还说，他家里还有两个烧残了的儿子，大的十三，小的九岁了。

朵儿娘愣愣地听着，不由得轻叹了一声："哎！——"随之，撩起衣襟，揉在眼窝上。

躲　伏

四姑姑回娘家躲伏时，绣着两个相同的"山盟海誓"的烟包儿，她心中可藏着两个男人哟！

新媳妇过门的头一年夏天，要回娘家过上一段。三伏的大热天，小夫妻没完了地缠在一起干什么。分开一段，清清爽爽地回娘家陪陪爹娘，看看村里的小姐妹，美其名——躲伏。

在乡下，年前年后结婚的多。那样，一旦夏日来临，新媳妇大都怀上身孕。某种意义上讲，这躲伏，蕴含着女儿家几多甜美与羞涩。

当然，躲伏不单单就是回娘家走走耍耍躲过夏天。还有相当情趣的事情要做哩！给小姑子绣个喜雀登枝的花手绢；给老婆婆纳双切花的尖脚的鞋垫儿；给老公公缝个能掖进裤腰的大烟包……这些，都是显示新媳妇手艺巧拙的。

唯有一件，是表达夫妻间情意的，那就是给自家男人绣的烟包儿。它不同老公公那个能掖进裤腰的大烟包，它是绣进"山盟海誓"和无限情意的信物儿，是新媳妇许过终身的象征。分里外红蓝两层，七色花线绣制着"松鹤万年"或"鸳鸯相依"……无论绣着什么，都不会轻易给人看的。除非自家的小姑子或是十分要好的小姐妹嬉闹一趣，非要看个究竟，才肯躲在里屋里给她们慌忽地瞧瞧。

好不容易盼到伏天将尽，也就是新媳妇该回婆家了。娘家这边要备些瓜果、肉鱼，还要买上竹席、竹枕头什么的陪上，以示女方的富有。

若是哪家闺女回门时，有瓜果、无肉鱼，或是有肉鱼而无竹席、竹枕头什么的，那是很丢娘家人脸面的，也是很不好进婆家门的事。

一般等女儿家要回门的那几天，左邻右居的婶子大娘们就要提醒了。尤其是对那些爹妈不齐全的女儿家，问得很仔细：

"丫头，回门的东西备齐了？"

回答，也是很有意思的："早着哩！我还不想走哩。"

婶子大娘们都是过来的人，自然懂这些，笑着骂道："好个死丫头，嘴硬！"

被骂的"丫头"也不恼，一同笑着。事实上，小夫妻分开满整一个夏天了，早就昼思暮盼了。

这时刻，问的人就会提醒："竹席买了？"

回答："买了。"

"枕头呢？"

"买了。"

"准备割几斤肉呀？"

"称了几斤粉条子？"

末了，还要提醒还有几天几天就出伏了，云云。

小姐妹们不关心这些，她们总是缠着问："烟包上绣得啥？"

回答，更是不着边际："还没想好哩。"

要么说："天太热，我不爱给他绣了。"

听的人自然不信，就会床头、床柜、小包袱里四处翻找。有时，姑娘家为显示自己的手艺，故意放得不太严实。但等被翻出来时，姐妹们嘻笑一气！千般万般地夸美说好！这样的时候，不管烟包上绣得啥，也不管针线角怎样粗细不均，是不能说孬的。这好比年初一早晨吃饺子，只望说些吉祥的话儿。

可有一年，四姑姑回来躲伏时，村里的小姐妹来翻她的烟包时，把四姑姑翻恼了。

那天午后下着雨，四姑姑房子里坐满了一屋的小姐妹，都想看看四姑姑绣得啥样的好烟包。可四姑姑说什么也不给看。四姑姑双手抱着她的小花袍袱，死活不松手。

可那些平时和四姑姑要好的小姐妹们，非要看个明白不中。她们都晓得四姑姑人长漂亮，针线活儿也做得漂亮。相互递个眼色，抱腰的抱腰，抱胳膊的抱胳膊，硬是把四姑姑按在床上，几个人一起挠她的痒痒，抢下她手中的小袍袱。

岂料，袍袱一打开，一个个都傻了眼儿——四姑姑的袍袱里绣着两个相同的"山盟海誓"的烟包儿。

姐妹们相对无言地看着四姑姑。

四姑姑当场就捂着脸儿哭开了。

她们都知道，当年淮北盐场那个来"插队"的"坏小子"，至今，还藏在四姑姑的心窝里。

玩　火

　　小说中的爷爷，是个玩火的高手。三社他爹告诉我父亲，说我爷爷在山东那边，还有一大家子人。

　　我爷爷死了多年了。

　　我爷爷锔缸锔盆的手艺传下来了。但，没传给我父亲，传给了我本家的大伯——西巷，三社他爹。

　　我父亲读过私塾，识字，农业社的时候，是乡里的记账员，后来转成了国家干部，自然也不会学我爷爷那种讨饭样的营生。可三社他爹想学，他家里孩子多，穷！他想跟我爷爷学门手艺，养家糊口。我爷爷答应他："等我老了，走不动了，这副挑子就交给你。"

　　三社他爹充满着希望。

　　每年年初一吃过饺子，三社他爹第一个来给我爷爷拜年。再者，就是跟我爷爷商定搓铁的事。

　　搓铁，又叫玩火，是锔缸锔盆的头一道工序，它需要两个人密切配合。

　　三社他爹问我爷爷："四叔，明天动手呀！"

　　我爷爷说："动手！"

　　第二天，也就是大年初二，三社他爹一大早穿个破棉头子来了。有时，他来得早了，我们家还在吃饭，他连招呼也不用打，一个人木木几几地先把我们家风箱从小锅屋里搬到院子里，支起炉灶，随后，就去墙角搬弄那一堆破旧的铲头犁子。

　　回头，等我爷爷燃起炭火，"唏哗，唏哗！"地拉动风箱，熔炼那些经过锤打的生铁块时，三社他爹赤膊上阵，双手紧握一块一面平、碗口样大小的石头，瞪圆了两眼，瞄好我爷爷从炭火中夹出的红铁块，就着面前一块早就放好的、门板似的平板石，一点、一搓，一拉，瞬间便让那红樱桃一样的血色铁块，散落成芝麻粒似青灰色小铁粒。

这个玩火的过程，工夫全在一个玩上。你想吧，一块铁板，放在炭火中烧成牛糖一样的血色铁泥，用火钳夹下一小块，点在平板石上，眨眼的工夫要把它碾成细小的颗粒，稍有迟缓，铁块凉了，搓不动了；但，动作太快了也不行，刚出炉的铁块，松软如糖稀，上来就用力猛搓，很容易搓成一块铁饼子。所以，搓铁的人，要看准了火候，先是轻轻用手中的石头点一下，让那个红红的铁块散开之后，紧跟着前后用力一搓，一拉、再拉，就成了。

三社他爹跟我爷爷配合多年，两三天搓下来，准能搓出十几斤铁面儿。我爷爷把那些铁面儿装进好几个灰乎乎的布口袋里，选在大年初五、或初六的早晨，挑着铺盖和他锔缸锔盆时用的锤子、錾子、铁丝、绳子之类的上路了。

我爷爷到什么地儿去锔缸锔盆，我们不知道。他是否就用那种搓好的生铁面子去锔缸锔盆，我们也不知道。但我见过我爷爷锔过我们家的一个破水缸，他把裂成两半的水缸，沿裂口用小錾子錾出一个"V"型槽，然后用绳子、铁丝把破缸复原后，将和成胶泥一样的铁面儿，抹进那个"V"型槽内，两三天过去，铁泥干了，解开铁丝、绳子，好缸一样。若是那缸再破，肯定是坏在别处，铁泥固定的地方，再甩再打，也不会断裂，奇吧？这就是我爷爷锔缸锔盆的独特本领，外人学不来，也学不去。其中的奥妙，我爷爷不说，谁都不知道。

　　每年正月里，我爷爷挑着担子走了，直到麦收时才回来。我爷爷去的地方大概是山东岚山头、郊州湾一带，肯定靠海边。因为他每次回来，总能带些小鱼小虾什么的。有时，还带来一大包亮晶晶的乌眼蛋子，那种肉乎乎的小乌眼蛋子，如同豆粒一般大，软乎乎的，没有骨头，没有刺，通身都是肉，比虾皮子好吃，有嚼头。我爷爷捏几个放在我嘴里，总要问我："鲜不鲜？"

　　我说："鲜，真鲜！"

　　我还要吃，我爷爷不给了，说留晚上就饭吃。其实，真到了晚上，我们小孩子就捞不到吃了。我爷爷叫来三社他爹，大人们一边喝酒，一边吃乌眼蛋子。哪还有我们小孩子的份儿！但，那样的时候，我爷爷很得意，也很荣耀，我们一家人都看着他，听他讲锔缸锔盆的趣事。

　　我爷爷说，有一天，有个小媳妇把他叫去家锔水缸，和好铁泥后，我爷爷谎说还要加几个鸡蛋在里面，那小媳妇信以为真，一家伙端来一大瓢鸡蛋。

　　我奶奶一旁听了，直笑，夸我爷爷："那你可真是该吃了！"

　　我爷爷说："还有送面粉、白糖给我的哩。"

　　我奶奶说："好你，都一把年纪，还唬骗人家。"

　　是的，后期，我爷爷都七十多岁了，走道都很困难，他还要去锔缸锔盆。我父亲不让他去，说家里不愁吃，不愁穿，还出去干什么。我父亲没好直说，老人家那么大岁数了，哪天死在外头怎么办？

　　但我爷爷执意要去。我爷爷说，他若不去，那边的一些老客，还认为他死了。

泣血的呼唤

家里人看我爷爷说得认真，不好硬拦他，由他去吧。

直到有一年腊月，我爷爷卧病不起，他才彻底断了锔缸锔盆的念头。临终，他把三社他爹叫到跟前，秘传了他的锔缸锔盆手艺。

转过年，三社他爹果真挑起我爷爷传给他的担子去了山东。麦收时回来，三社他爹到我们家闷头坐了一会儿，啥也没说，起身走时，我父亲跟到巷口，三社他爹苦巴着脸，告诉我父亲，说我爷爷在山东那边，还有一大家子人。

我的叔叔在北京

小村里很多人都是这样认为的。其实，叔叔工作的那个地方离北京还有好几百里路呢。

我的叔叔在北京！小村里很多人都是这样认为的。其实，叔叔工作的那个地方离北京还有好几百里路呢。但是，我父亲在我很小的时候就是那样灌输给我的。所以，我一直认为我的叔叔在北京。

叔叔的工作很忙，平时很少回来。

我爷爷去世后，每逢年关，叔叔总要千里迢迢地从"北京"赶回来为我爷爷上年坟。

我们老家，上年坟并不是什么悲伤的事，也不存在那种生死离别的揪心之痛，完全是一种思念逝者的仪式，许多人家当年遇到大吉大喜的事，上年坟时还要在家族的坟头上压上一块大红纸，且燃放鞭炮，以示喜庆！

随笔随语

叔叔回来上年坟，对我们家、尤其是对父亲而言，无疑是一件高兴的事。我父亲就兄弟俩，平时家族中有个啥事，叔叔不在家时全都是我父亲一个人来支撑着。所以，每到上年坟时，父亲就盼着叔叔一大家子人都能回来。而叔叔每次都是一个人往回赶。好在叔叔回来时，大包小包地带着好多北方的土特产，如内蒙古的羊肉干、沧州的金丝小枣以及衡水老白干，等等。我和哥哥翻弄叔叔带来的那些食物与用物时很高兴，父亲却一脸默然，冷不丁地还会冒出一句责备叔叔的话："她娘们怎么没来？"

父亲指的是我婶子和叔家的几个弟妹。

叔叔说："过年了，路上车太挤！"

二十世纪八九十年代，从北京坐车到我们苏北老家，要乘两天一夜的火车。途中还要在徐州、连云港转车，换车两三次确实不是一件容易的事。

父亲可能也想到了那一层，沉默半天，仍旧说："应该把文利带来！"

文利是叔叔家唯一的男孩。

叔叔说："明年吧！"

可真到了第二年，叔叔还是两眼茫茫地一个人回来了。

之前，叔叔可能写信告诉过父亲了。所以，叔叔归期将至的那几天，妈妈就提醒父亲说，既然他叔不愿意带她们娘们来，说明他有难处，到时候你就不要再去追问了。妈妈说这话的时候，随之轻叹一声，说："唉！没准他叔的经济不是太宽裕，来来回回一大家子，光路费也要花不少钱呀！"父亲沉默不语。末了见到叔叔真是形单影只地一个人来了，父亲还是满脸不快地训导叔

泣血的呼唤

叔，说："你这些年不在家，老家的好多风俗，你都不知道了。"言外之意，是批评叔叔不懂得老家的乡规民俗。

在我们老家，上年坟时，儿孙们越多，越显得人丁兴旺，越喜庆、越好！

叔叔，18岁当兵，初小文化水平，在部队没混出个啥名堂，起先他在北京至山西那一带开山洞，后期给部队首长做饭。当了几年炊事兵，这期间，他可能把部队某个首长伺候好了，临复员时，小村里与他一起当兵的几个人都回来了，唯独把他安排到油田当工人。叔叔很高兴，穿上石油工人的"道道服"之后，还专门照了一张照片寄给老家。

那时间，叔叔跟婶子已经结了婚。婶子在老家务农。生产队看叔叔家没有劳动力，整天挤对婶子，不是少分给她粮食，就是派她去做男人们干的苦力活。无奈之下，我婶子哭哭啼啼地跟着叔叔去了油田。

叔叔回来领婶子去油田的那天早晨，在小巷口放了一挂长长的鞭，婶子把家中吃剩下的粮食背在肩上，叔叔拎着分家时爷爷给的几个小板凳，就那么默默地上路了。

当时，爷爷还在世，推着独轮车，把叔婶一家送到村东的公路边，叔婶一家上车后，爷爷两眼含着热泪回来了。也就在那年冬天，爷爷病逝了。叔叔得到消息后，从几千里外的油田赶回来，竟然没有赶上爷爷的一句话。

但，这以后几年，每到春节，叔叔不管所在的油田移动到哪里，都要赶回来给爷爷上年坟。而且，每次回来都带来好多稀罕的用物与食物，进村时，给大人们分烟卷，给孩子们撒糖块。

临到上坟时，叔叔还要额外地备一份冥钱、冥纸，亲自燃在爷爷的坟前。期间，父亲领着我和哥哥，到家族中其他坟上去烧纸，叔叔便一个人默默地站在爷爷的坟前守着坟上的供菜与尚未燃尽的纸钱。

有一年，上坟回来，妈妈把我堵在小屋里，悄声问我："你叔在坟上说了什么？"

我一愣！心想：我和哥哥跟着父亲到别的坟上烧纸去了，没听到叔叔在坟上说什么。但，我觉得妈那样问我，是个谜。

转过年，叔叔又回来上年坟时，父亲领着我和哥哥往别的坟上送纸钱时，我半道上折回来，静悄悄地走近爷爷的坟前，果然听到叔叔在悄声说话。他说："爸，儿子在外面混得不好，这些年，让她们娘们跟着我受了不少委屈！"刚说了两句，叔叔掏出手绢，捂在脸上，哭了！

回头，往家走时，我和哥哥跑在前头，父亲与叔叔落在后面，兄弟俩一路上说了什么，我和哥哥不知道。我们只知道当晚酒桌上，我父亲的话突然少了，埋头陪我叔叔喝出两眼热泪，也没再埋怨叔叔啥的。

分　羊

父亲与人合伙喂了一只羊。到了杀羊吃肉的时候，对方谎说："羊被人偷去了。"不料，几天后，有人把那只羊给找回来了。

父亲在我们相邻的公社工作，十天半月回家一趟。

泣血的呼唤

父亲每次回来，都要从村庄小水库那里经过。看守水库的庞秃子，看我父亲骑着亮闪闪的车子来了，老远就打招呼："又回来了，老相。"

父亲不等走到他小屋前就下车，问他："吃了没，老庞？"

老庞不管是吃没吃，都要嚷我父亲："过来喝口水吧！"

有时，天晚。父亲打个招呼就走了。

有时，天早。父亲还真停下来坐坐。说是坐坐，其实，就是插下车，扔支烟给庞秃子。路边水沟解个小手，问问他屋里常年病歪歪的女人这段时间怎样？有时，一边系着裤扣，还一边感叹前面堤坡上绿莹莹的草，建议庞秃子：可以多喂些兔呀、羊什么的。

庞秃子说："你买呀，老相。你买来，我给你喂着！"

庞秃子说，他屋里守着个"药罐子"，手头有几个钱都填进去了。开春时，本想抓几小鸡、小鸭的都没了本钱。

父亲看他满屋的树棒棒、乱鞋头子，想必是真没有钱。答应，过几天，给他弄只小羊来喂着。

过了几天，父亲还真弄来一只小羊。那是只黑头、黑爪的小白羊。当天，父亲用一个纸箱驮来，只让它在纸箱外露出一只黑黑的小脑袋。

庞秃子一看，还认为是只全黑的小黑羊哩！打开纸箱一瞅，嘿，那小羊，除了脑袋和左边一只前爪是黑的，其它地方全都雪白雪白的。

庞秃子说："这小羊好记，走到哪里都丢不了。"

父亲说："你好好喂着，年底，我们有羊肉吃了。"

庞秃子说："你放心吧，老相，这地方草肥势，用不到年底，就长成大羊了。"

父亲说："到时，给我一条羊腿就行了。剩下的，都是你的啦！"

庞秃子说："哎！那哪行呀，这是你的羊。乡里乡亲的，我给你帮个忙喂着就是了。"

父亲说："到时，我们一家一半。你好好喂吧！"

这以后，父亲再回家时，走到庞秃子小屋跟前，不管早晚，都要停下来看看那羊。有时，那小羊跑远了，庞秃子还要专门跑去追来给我父亲看看。而且每回都问我父亲："又长高了吧？"

父亲说："高了，真是高了。"

临走，父亲总是叮嘱他："你好好喂着吧！"

庞秃子牵着羊，送我父亲很远时，还大声告诉我父亲："你放心吧，老相！"

转眼，到了后秋。小水坝里的水少了，坡上的草也枯了。那羊，也从小羊长成了大羊了。父亲计划哪一天，带几个人来杀羊吃肉。可偏在这时候，那羊被人偷去了。

那天午饭后，庞秃子步行三十多里路，专门跑到我父亲工作的那个公社，跟我父亲诉说那羊被偷的经过。庞秃子说，上午，他推他女人到公社卫生院挂吊针。回来，就不见那羊了。说到仔细处，庞秃子难过得都快落泪了。父亲安慰他说："偷就偷去吧，全当我们没有那回事。"

父亲问他女人的病情怎样了？

庞秃子可怜巴巴地说："只怕是人财两空啦！"

父亲劝他好好回去照顾女人，羊的事，就算过去了。可庞秃子还是感到对不住我父亲，一个劲儿自责道："乡里乡亲的，这才不好哩！实在不中，我赔你几个钱吧？"

父亲说："看你说到哪里去了，不就是只羊吗，丢

泣血的呼唤

就丢了。明年开春，我再多弄几只给你喂着。"

这以后，父亲把他与庞秃子喂羊、丢羊的事，当笑话一样，常讲给他下边的人听。

忽一日，父亲分管的文化站站长牵来一只黑头、黑左爪的羊。父亲一看，正是他跟庞秃子喂丢的那只羊。文化站长是个很精明的小伙子，他跟我父亲说："羊是给你找来了，你就牵着走吧！别再追问是怎么来的啦。"

父亲认为是偷羊贼不好意思露面，也就没去深究。牵着那羊，当天下午就去找庞秃子道喜。

哪知，庞秃子远远地看见我父亲牵着那羊来了，调头躲进旁边的槐树林，死活不敢跟我父亲照面了。

原来，那羊不是丢了，而是他庞秃子自个儿偷着卖掉的。

父亲的围巾

一股寒风吹来，把我父亲搭在胸前的围巾给吹到身后去了。父亲下意识地抬手抹了一下头发，还没顾及上围巾。胡慧阿姨却急忙转过身来，给我父亲挡着风，还帮我父亲把围巾松开一点，竖起领角，又重新系紧、掖好。那场景，定格在一个十五岁少年的记忆里。

我读中学的那年冬天。临近腊月，小北风尖尖的，一天赛一天地凉！母亲在那些愈来愈冷的日子里，掐算着父亲的归期，并选在一个星期天，让我到父亲那里去一趟。

父亲原本在我们家附近的一个公社工作，隔三岔五地常回来。可那一年，父亲被县里抽调到"工作队"，下派到一个偏远的公社去，几个月都不见父亲回来一次。

母亲让我到父亲那里去看看，也没说什么事情。我按照母亲的嘱咐，一大早，踩着乡间土道上白渣渣的冰霜上路，几乎是步行了一整天，总算赶在傍晚时找到父亲他们"工作队"的驻地。

印象中，父亲他们"工作队"，住在当地供销社的后院里，院子里有许多排列整齐的黑红黑红的大缸，大缸上面全都盖着灰乎乎的斗篷，里面可能装着豆瓣酱，或更好吃的东西。我去的当天，天气不是太好，灰蒙蒙，还刮着冷飕飕的小风。我从供销社大门口经过时，一股小旋风从那些大缸缝里打着滚儿钻出来，顽皮地裹着缸缝里的枯草叶和花糖纸，很不友好地冲着我迎面吹过来，我用胳膊挡了一下，那股小旋风就过去了，可我还是看到许多花糖纸被那股小旋风扬起来，在我面前旋呀，旋！眼馋得我直想吃糖块。之后，一个叫胡慧的阿姨，笑盈盈地找到传达室，问过我的小名，伸手揽住我的肩膀，把我领走了。

胡慧阿姨把我领到父亲的房子里，转身出去了一会儿，又进来时，她递给我一个裹着草纸的大苹果。我接过苹果，下意识地看了一眼，很想咬一口。我赶了一天的路，那一刻，又渴又饿。可父亲的眼睛里没有让我吃苹果的意思，父亲正冷板着面孔，盘问我：

"谁让你来的？"

"……"

"你来干什么？"

"……"

　　我被父亲的话问住了！是呀，我来找父亲干什么的？我无言以对。

　　我站在父亲面前，就像是做错了什么事情似的，低着头，撕扯着苹果上的草纸，半天不敢抬头看父亲。但我心里十分委屈！

　　胡慧阿姨白了我父亲一眼，说："你怎么这样对待孩子！"随后，她伏下身，摸着我的头，跟我说："快吃苹果吧！"说话间，胡慧阿姨帮我撕扯下苹果上那潮乎乎的草纸。等她再次把苹果递到我手上时，我没有马上接，我眼里含着两包泪，我想哭。

　　父亲不吱声了。沉默中，父亲抬腕看了看表，很温和地跟胡慧阿姨说："你带他去食堂吃点东西吧。"

　　胡慧阿姨拿起父亲屋里的碗筷，领我出门时，又回头来跟我父亲说："你也一起去呗！"

　　父亲又看了下表，可能还不到食堂的开饭时间。但，胡慧阿姨那样一说，父亲也就跟我们一起去了。

　　吃过饭，胡慧阿姨和我父亲站在院里的大缸旁说了一会儿话。之后，胡慧阿姨回屋换了件象牙白的短大衣，要跟我父亲去街上散步。

　　那一刻，我才知道胡慧阿姨和我父亲住隔壁。胡慧阿姨的窗户上挂着粉红色的窗帘，挺显眼，隔老远就能看到。

　　我想去街上看路灯，想跟他们一起去街上玩。可父亲不想带我，父亲让我一个人在屋里呆着。胡慧阿姨说："一起出去走走呗。"

　　那时间，天还没有黑。但，街上的路灯已经亮了。

　　胡慧阿姨走到我的身旁，揽过我的肩膀，顺手从她那件象牙白的短大衣里摸出一块糖递到我手里。之后，又从兜里摸出两块糖，自己先扒一块填进嘴里，又扒一块递给我父亲。

三个人一起走在街上，刚开始，我走在他们中间，走着走着，我就走到一边了；走着走着，我就落在他们后边了，像他们的小尾巴。

后来，走到一个岔路口，一股寒风突然吹过来，一下子把我父亲搭在胸前的围巾给吹到身后去了。父亲下意识地抬手抹了一下头发，还没顾及上围巾。胡慧阿姨却急忙转过身来，给我父亲挡着风，看似很随意的样子，帮我父亲把围巾松开一点，竖起领角，又重新系紧、掖好。

那个场景，定格在一个十五岁少年的记忆里。多年以后，我在城里有了家，有了孩子，有了些男女之间的交往，似乎感悟到：当年，那个叫胡慧的阿姨，应该是我父亲的情人。

马黑子

我们"复读班"结束的当天，学校领导，还有几位任课老师跟我们合影留念。请到马黑子时，他连连摇手，说："你们都是有知识、有才华的人，我算什么！"

马黑子，学校食堂卖饭票的。瘦高个儿，黑乎乎的，不怎么爱说话。经常看他穿着一身褪了色的黄军装，站在食堂门口东张西望，很容易让人想到他是部队转业来的。

他没带过我们课，但他，做过我们"复读班"的班

泣血的呼唤

主任。我们知道他没有文化，很瞧不起他，当面叫他马老师，背后都叫他马中，马黑子。

显然，马中是他的真名，马黑子是我们给他起的外号。叫起来蛮解恨的！你想吗，他一个大老粗，来做我们的班主任，而且是专门来管制我们、训导我们，我们能说他好吗？

我们"复读班"，全是当年高考落榜，而又接近录取分数线的一帮"高材生"，来自县北三四个公社，汇集到当年升学率比较高的金山中学，准备来年再考。一个个自命不凡！压根儿没把眼前的金山中学放在眼里。更别说他一个卖饭票的马黑子。

我们的学籍不在他们学校，高考时还要回到各自的母校去报名，大家纯属于"借贵方一块宝地"，临时"复读"几个月，然后，拍拍屁股走人。所以，我们没拿金山中学当回事。当然，金山中学也没拿我们"复读班"的学生当回事。上课时，爱去不去，没人管你！不愿在那里"复读"了，随时都可以卷起铺盖回家。自由得很。

我们"复读班"里没有班长，也没有小组长。虽说临时指定了几个班干部，可全都是聋子的耳朵——瞎摆设。大家目的是来学习的，不是来当什么班长、组长的，管那些屁事干什么。

所以，我们那个"复读班"，从一开始就注定是"一盘散沙"。等学校领导把马中、马黑子派来管理我们时，那已经到了非收拾不可的地步了。马黑子掌管着我们的饭菜票，小本子上还记录着我们书杂费的上交情况，应该说，他对我们"复读班"略知一二。学校领导决定让他来做我们的班主任，等于把他当作教师看待，某种程度上讲，是高抬他、重用他了。马黑子充满信心！

每天下午放学以后，任课老师前脚离开教室，他后脚就跟进来了。随手把门关上，然后静静地站在讲台上，把大家扫视一遍，好像是在清点人数，又好像是在寻找什么人没有在教室里。等他开口讲话时，总是反话正说，让你哭笑不得。比如，教室里有人乱扔废纸，他不直接批评谁谁谁乱扔废纸，他会很惊讶地说：哟，这是谁呀，怎么这么聪明！把用过的废纸铺在地上，当地毯用呐？再比如，有的同学在他训话时，不拿他当回事，仍旧埋头写作业，他发现后，不生气，也不急着制止，而是反过来表扬，说：这同学不错，这么会利用时间，明年，考个北大、清华，不成问题了！说得你面红耳赤，还无懈可击。

有一天中午，我们几个"复读生"，趁午睡时间，去校园后面的果园里偷梨子，被老乡抓住。马黑子作为我们的班主任，处理这种事情，本该板起脸来，狠狠克我们一顿吧。他不，他像猫戏耗子一样，慢条斯理地把我们所偷的半生不熟的梨子，一个一个摆在讲台上。然后，一本正经的样子，夸我们思想品质不错吗？放弃午休时间，去帮助老乡收梨子，只可惜，你们去的不是时候，人家老乡的梨子还没有熟透哩。还说，这件事，应该写个表扬稿子，送到公社广播站去广播广播。等把我们一个个都说得低下头，无颜面对时，他这才话题一转，冷下脸来，训斥道："好好想想，你们背着干粮，带着书本，没天没夜地是来干什么的？"

说到这里，马黑子突然把话停住。好长时间沉默不语了。

马黑子经常会在关键的时候，突然把话打住。然后用眼睛与大家交流，让我们自己去思考。而他，却在教室里一片沉静的时候，悄然离开了。

晚上，我们躺在防震棚的"大通铺"上，谈到马中、马黑子时，都说他是个狡猾狡猾的坏家伙！我们还给他编了顺口溜儿：马黑子，卖饭票，不懂教学胡屌闹！

话是那样说，可我们"复读班"，自从交给马黑子来管理，原先的"一盘散沙"，明显的有了收敛。好多有悖于学习的事，大家不敢做了。因为，马黑子经常在我们上课的时候，站在教室的后窗外盯梢。有时，晚上我们都熄灯上床了，他还像幽灵一样，在我们宿舍外面转悠。

转年夏天，我们"复读班"结束了。就要散伙的当天，学校领导，还有几位任课老师跟我们合影留念。请到马黑子时，他连连摇手，不来。马黑子说："你们都是有知识、有才华的人，我算什么！"

如今，好多年过去了，回想起当初的马黑子，感觉他还是蛮不错的。

盲　摊

盲人守摊，谁买东西，谁主动把钱放在他身前的饭盒里。偏有一个孩子，拿了他的东西，没往他饭盒里投钱。

铃声响了，清脆而悠扬！

这是附近那所小学的铃声。

一天中，老人所期待的铃声有几次。可这一次，老人的神情有些异样，他期待捉到中午欺骗他的那个孩子。

老人在离学校不远的小桥左侧的护栏边，摆着一个不大的杂货摊儿。

说是杂货摊儿，其实，就是一个可以拉动的小车儿，跟婴儿的躺篮子那样大，分上下两层，下层里有什么，他不给人家看，有两扇可以往两边开的小木门紧锁着。摆在上层的，花样挺多，有针头线脑，有老人们抽烟用的打火机、火柴什么的，有老太太和小闺女用的发罩儿、花皮筋、滚鞋口的青带子什么的。花色品种最多的，还是孩子们吃的、玩的红气球、绿气球、黄气球，和泡泡糖、花生糖。

不管什么人买他的东西，你只管看着那上面的标价，放下钱，拿了东西走人，老人是个瞎子，他什么也看不见。有人拿他的东西，他只是眯着眼儿冲你笑笑，指指那上面的小牌牌，再多的话，没了。

小学校的孩子们，每到放学的时候，就像小鸟归巢似地围到他小摊上来。自选自买，老人袖手旁观在小摊旁，堆一脸感激的笑，迎候着。

今儿头晌，放午学时，不知是哪个孩子捉弄了他，多拿了他一块泡泡糖，或是少给了他一毛钱。

老人的心里很不是滋味！他想，那个讨了便宜的孩子，没准放晚学时还要来的。他想跟那个孩子说说，别欺负他一个瞎子了。

这会儿，放晚学的铃声终于响了，老人下意识地把他的小杂货摊往跟前拉了拉，以便能辨出上午那个多拿他泡泡糖的孩子。

老人在小桥边摆摊已经多年了。随近，好多老街坊跟他都很熟，每到吃饭的时候，常有人送个包子，或端碗开水给他。他若想捉住那个多拿他泡泡糖的孩子，也

泣血的呼唤

很容易，让那些老街坊们给他长长眼睛就行。但他不想那样做。说到底，孩子总归是孩子，正是长年龄、长志气的时候，哪能给他们丢了面子。

当然，这事情要落到随近那些老街坊身上，老人肯定是要说话了。话说回来，那些老街坊也不会那样做。那些常到他摊上买东西的老太太跟他亲近着呢！过来扯他的青带子什么时，总是要先大声喊呼一声：

"尺子呢？"

或是问他："剪刀呢？"

老人就知道是来割青带子或花皮筋的，问都不问，堆一脸笑容，摸摸索索地从小车的底层，把尺子、剪刀一起递上来。

等老人听到剪刀、尺子响，就知道人家量好了，剪断了，扔下几个硬币或纸钱，走人了。

他们从不亏扣老人一分钱。有时，还多扔个三毛、两毛的给他。令老人头疼的就是那些还不懂事的孩子，尽管老师也在不断地教育，可隔三岔五的，总有那么一、两个调皮的孩子，想来讨他的便宜。

老人的钱，都放在他跟前的鸡腰子似的饭盒里。那饭盒，看样子已有了年头了，仔细看看，没有一点好地方了，全都坑坑洼洼的，不坑洼的地方，也都跟虫子咬过似的麻麻点点的。里面除了一毛的硬币，就是两毛的、五毛的硬币，没有成块的，若有人扔下一块的硬币，他不用看就知道了，很快就拣起来揣到怀里的布兜里。

老人的生意很清淡，一天也卖不了几块钱。最好的时候，就是附近那所小学放学的那一会儿。不放学时，小学校有铁门锁着，孩子们一个也出不来。

放学了，孩子们想吹红气球、绿气球，或是想吃泡泡糖，顺路就在他摊上买了。别的摊儿不许摆，离小学太近了，上头有规定不许摆摊儿。老人是个瞎子，也就没有人管他了。

每天，一到放学的时候，老人的小摊上总要热闹一阵子。孩子们相互挤着，拿他的泡泡糖，或买他的红气球、绿气球。

一时间，老人总是眯着眼儿笑着，听那"叮当！叮当！"的进钱声。哪个需要找钱，孩子们也晓得自己动手。不用老人费事。

回头，等放学的孩子们，一个个远去了，老人会摸摸小摊上的各样东西，然后，一枚一枚地数数收了多少硬币。成块的放进内衣的布兜里，一毛、两毛的，仍旧放在饭盒里。

这样的默契，在老人与孩子当中，一天一天地延续着。

谁知，就在今天上午放学时，老人的糖少了一块，或者说是钱少了一毛。这是哪个孩子欺骗了他？思来想去，老人把可能落到了最后一个到他摊上买泡泡糖的孩子身上。

记忆中，那孩子说一口奶声奶气的普通话：

"拿你一块泡泡糖。"

随听一声"叮当！"声，硬币落到饭盒里了。

至于说，那孩子是不是拿走了两块泡泡糖，或是在拿泡泡糖时，是不是又轻轻地捏走了一枚硬币，老人就不知道了。他只记得，那个单独走在最后的孩子，说话奶声奶声。

揣摩孩子的心里，他讨了便宜，还会再来的。

果然，就在当天放晚学时，老人等来了那个单独走在最后，说话奶声奶声的孩子……

刹那间，老人感觉到上午那个孩子又来到他摊前了，还没等对方说话，老人就帮他把泡泡糖递过去，老人说："孩子，拿去吃吧，我不要你的钱！"

当下，那个孩子不吱声了。之后，那个孩子几乎是没在老人跟前停留，转身跑开了。

第二天，那个孩子没再到老人摊前来。

第三天，第四天……都没有单独走在最后的孩子了。可就在这同时，老人的饭盒里，忽而多了一毛钱。

一时间，老人摸着那一毛钱，不知是激动的，还是难过的，两个深凹的眼窝里，不由自主地滚出了浑浊的泪花。

小学同学

小村里一起上学的几十个。后来，能从我们村小学读到西庄联中，又从西庄联中读到镇上高中的就我和传生、决润、决乐他们几个。

小时候，小村里一起上学的几十个。后来，能从我们村小学读到西庄联中，又从西庄联中读到镇上高中的就我和传生、决润、决乐他们几个。

后来，我考上大学，传生、决润当兵去了。再后来，我大学毕业，在城里安下小家时，决润在部队提了军官，传生复员回乡做了村干部。

传生做村干部那几年，也挺风光的，他经常利用进城办事的机会来找我要，有时还给我带些乡下新鲜的大米、花生油什么的。有一年端午节，他还专门带辆车子进城来给我送粽子。

我回乡下老家时，每次都到他家里去坐坐。一转眼，我们相处了几十年了，关系一直都是不错的。

去年春节，我回老家时，象征性地去给传生拜年。

走近传生家的院子，只见大门敞着，堂屋的门也敞着。满院子鸡鸭到处寻觅吃的，因为我的到来，立刻惊得鸡鸭们四分五散，有两只正在门前啄食的母鸡，看到我走近它们，还慌里慌张地跑到堂屋里去了。

堂屋里，迎面可以看到一张吃饭桌，桌子上铺着一块白底、红花绿叶的塑料布，很鲜艳！可以想到，那块塑料布是春节前才买的，新崭崭的，一点饭粒都没有，四角理得平平展展的。桌边，嗑着一些瓜子、花生壳儿，一条断腿的板凳，很悲壮地倒在一旁。

我走进堂屋，屋子里空空的，只有那张吃饭桌子和墙角一张堆满粮袋的小木床。隔壁房里间有人正在看电视。因为没有里间门，我顺声望去，只见一个七、八岁的小丫头，穿着一身花衣裳，正一个人坐在那儿很是入神地看电视，再一看，那小丫头跟前还有一双皱巴巴的女式皮鞋，可能是踩着鞋后跟上床的，被踩下去的部分尚未弹起来。想必，传生家的正坐在里屋的床上跟那小丫头一起看电视。她们没听到我进门的脚步声，我故意大声问道："传生呢？"

那个小丫头扭头看我一眼，没有吱声。传生家的在里屋应一声："谁？"

我没说我是谁，我也没有直接闯进里屋去，我说："你出来看看就知道了。"

传生家的没有辨出我的声音，她单脚踩着鞋，伸头

泣血的呼唤

看我一眼，惊呼一声，说："裕亭来了！"很快又缩回身去，热情地跟我屋里屋外地说话，问我什么时候回来的？告诉我传生没有走远，可能在东巷三华家打牌，她让那个看电视的小丫头快去找。

那个小丫头很不情愿的样子，一边盯住电视，一边起身走了。

这时，就看传生家的趿着鞋、敞着怀，又开五指拢着乱蓬蓬的头发，从屋里出来，她想引我到东偏房的小锅屋里去坐，她说："东屋暖和，有炉子，到东屋里坐吧？"

我摸起桌上散落的瓜子，嗑着玩一样嗑了一个，说："没事，等传生回来我跟他出去耍。"

传生家的看我爱嗑瓜子，马上去屋里端来半瓢花生、瓜子让我嗑，我没有再嗑，我看传生家的一头乱糟糟的头发上还粘挂着床上的稻草叶，联想到她当初做新嫁娘时的娇艳与高贵，心想，这乡间的女人，也就是做姑娘时金枝玉叶一阵子，一旦是为人妻、为人母，什么都不讲究了。我问她今年有 40 岁？

传生家的一笑，说："这辈子没有 40 岁了。"随补充一句，说："马上就小 50 了。"

我笑，说："没有那么大。"

传生家的说："儿媳妇马上就要进门了，还没有那么大。"

传生家的告诉我，她儿子建设已经和东庄相亲了，如果女方同意，这几天儿媳妇就要上门认亲了。我问建设今年多大了，这么快就订亲了？传生家告诉我，说建设过了这个年，就 20 了。还说女方比建设小 2 岁，初中毕业，会理发。

我没再说啥，但我心里直犯嘀咕，乡下青年男女订亲怎么这么早？尤其是联想到传生家的那未来的儿媳妇，或许用不了几年，也会像传生家现在的这个样子时，我心里不由得一阵酸楚。

时候不大，那个去找传生的小丫头，可能是急着回来看电视，到东巷三华家没找到传生就回来了。我也没有久等，起身说，找个机会再来。

第二天，我要回城时，去传生家告别。这一回，见到传生正坐在东屋的火炉前抽闷烟，见到我推门进来，传生家的抢先告诉我，说东庄的闺女，同意上门认亲了。但，媒人捎过话来，说女方提出来，要三千块钱见面礼，家中还要摆上六桌酒席，宴请本家的叔叔、大伯们。

传生正在那儿犯愁：到哪里去借钱。

大　嫂

回乡过年，就要回城里时，大嫂问我早饭吃了没有？我如实告诉大嫂，说在同学家吃了。大嫂扭过脸，半天没有吱声，可就在我上车要走的一刹那，我看大嫂把脸别到一边，暗自抹起泪水。

大年初三的早晨，天还没有放亮，我正躺在小侄子的电器修理部里睡觉，突然听到大嫂在窗外小声问话："来运，来运，你二叔回来了没有？"

睡在我身旁的小侄子来运，没有听到窗外的喊声，我用胳膊肘轻戳了他被筒一下，那小家伙动了动，但他没有反应，好像又继续睡了。此时，我刚要想替他回话，

泣血的呼唤

那小家伙却极不情愿地从被窝里回了一句："来了！"

大嫂没再说啥，可我从她的脚步声判断，大嫂走了。

我是大年三十赶到乡下哥嫂家过年的。父母去世以后，我很少回乡下老家。之前，我不知道哥嫂在村东承包了养猪场，并以猪场为家。当我一路打听着找到哥嫂的新家时，大嫂怕我闻不惯猪圈里的那股味道，当着我的面，埋怨大哥，说："我说搬街里家里过年，你哥非得要留在这儿照看小猪，你看看，他二叔来了，这可怎么好？"

我知道大嫂那是在做话说话，故意说给我听的。猪圈里有三只老母猪同时下了小猪，几十头小猪崽，闹哄哄的，随时都需要人照看着，大哥大嫂轮流照看，寸步难离。我嘴上说："没事，没事！"可当猪圈里那股子难闻的气味扑鼻而来时，我还是感到阵阵恶心。

这时，大哥可能看到我在捂鼻子，告诉我说："你稍微适应一下，就会好的。"大哥还风趣地说："当年的老干部还住牛棚马圈哩，你在城里生活的时间长了，全当是回乡体验生活吧！"

我笑笑，没有吭声。大嫂还在跟大哥瞎嘀咕："你看看，他二叔十几年回来过个年，住在这荒郊野外的，早听我的话，搬到家里去，多好！"大哥说："怕什么，二弟又不是别人，我能住，他不能住呀。"

哥嫂俩人，一个唱红脸，一个唱白脸，不停地在那儿逗嘴，我仍旧笑着，说："行呀，行呀！"

我心里话，我还在家过几天，人家两口子喂猪才是大事情。哥嫂总不能为了我回家过几天春节，兴师动众，把锅碗瓢盆再搬回街里老家去住吧。那样，猪圈里嗷嗷待哺的小猪崽怎么办？好歹凑合几天，过了年初一、初二，最多初三，我就回城里小家了。大哥大嫂可能也是那么想的。但我确实闻不惯猪圈里那股子臊味，大哥领我钻进猪圈屋时，我只呆了一小会儿，很快逃到院子里看鸡、逗狗、拾些草叶，假装喂羊，逗着玩去了。

晚上，大哥可能看出我不情愿呆在他的"新家"里看电视、吃年夜饭。领我到村里一个近门的三哥家去了。半夜回来，送我到路口小侄子的电器修理部睡下。

第二天，大年初一，哥嫂煮好了饺子喊我去吃，可我一闻到猪圈里那股味道，尤其是想到大嫂所包出的那些鼓弯弯的饺子，是在养猪的屋子里包出来的，胃酸就直往嗓子眼里涌。但我在哥嫂面前，还强装作无所谓的样子，好不容易咽下两个饺子，放下筷子，便跑到院子里去了。之后，我跟哥嫂打了个招呼，就去村里找我儿时的同学玩了，一整天都在同学家喝酒、打牌。

大年初二，我又跑到同学家吃饺子去了。并且，又是一整天没跟哥嫂照面儿。年初三的早晨，天还没有亮，大嫂就来敲窗户，问我夜里回来了没有。当她知道我正睡觉时，大嫂默默地走了。

时候不大，大嫂又回来了，仍旧声音很轻地唤道："来运，来运，起来开门。"

我纳闷，大嫂这是怎么了，一大早来回好几趟？我小侄子也来气了，声音很高地吼了一句："干什么？"

大嫂说："来运，快起来，我给你二叔送饺子来了！"

我心里咯嗒一下子，心想，糟了！大嫂一定是看我不到她家去吃饭，是嫌她家的味道不好，专门煮好了饺子，送到这电器修理部来了。我忙戳来运："快起去给你妈开门。"

回头，大嫂端着饺子，走到我床前的时候，催我起来趁热吃饺子，可我的牙没涮，脸没洗，哪能像个"月婆子"一样，坐在被窝里就吃饺子呢。我跟大嫂说，你把饺子放在那儿，我马上起来吃。

可大嫂把饺子放下后，并不走，她想看着我把她送来的饺子吃下。我哄大嫂说，你快回去，我马上起来吃。其实，我昨晚就和同学家约好了，今早还要去他家吃饺子。我那个同学家条件好，屋里铺着地板砖，厨房里还有抽油烟机，跟城里的条件差不多。

大嫂不知道我还去同学家吃饺子，被我三说两说，劝走了。之后，我跟我侄子说实话，让他帮我吃几个饺子，就说是我吃的。小侄子看着我笑，说那是专门送给我吃的，他不吃，那小伙穿上衣服，走了。

屋子里就剩下我一个人时，我还是不想吃大嫂送来的饺子，但我怕伤了大嫂的一片好心，想找个塑料袋子带走几个饺子，让大嫂明白我是吃了她包的饺子，可我在屋里找了半天，也没有找到一个可以装饺子的塑料袋，索性就那么把饺子放在原处，走了。

当天上午，我决定要回城里时，大嫂问我早饭吃了没有？我如实告诉大嫂，说在同学家吃了。大嫂扭过脸，半天没有吱声，可就在我上车要走的一刹那，我看大嫂把脸别到一边，暗自抹起泪水。

过彩礼

彩车上的箱子里，都是空的！里面的电器，提前几天就已经摆放到新娘房里了。之所以要把那些空箱子贴上大红"囍"字，招摇过市，就是为了显摆。

腊月初八，大哥家小侄与后庄王家刚订了亲。转过年，大哥捎信来，让我们一家子赶在正月初十，回去喝喜酒。

接到电话，我心里直犯嘀咕，乡村这种速配的婚姻，到底有没有爱情？可就要做新郎官的小侄子来运，选在大婚的头一天晚上，热巴巴地又打电话到城里来，问我："二叔呀，扬扬上学走没走？"

扬扬是来运的小堂妹，去年暑假考上大学，这个寒假，对扬扬来说，告别了高中阶段紧张、繁忙的学习，迎来了一个最为宽松、快乐的假期，整天在家睡觉、上网、看电视。要么，就是"吱吱吱"地给同学发短信。她乡下二哥要结婚的事，我提前几天就告诉她了。当晚，来运电话中问起扬扬，我开口就说："明天，带她一起回老家喝你的喜酒去。"

来运说："明天，你们早点来。"

我说："嘛？"

我认为他要用我的车子接新娘。

来运说："我想让扬扬早点回来，去迎婚车、陪大客。"

陪大客，就是陪新娘子那边来的伴娘们。

我说："好。"

来运，文化不高，可他会修摩托车、电动车。村东，十字路口那儿盖了两间像模像样的修理部，周围七八村里的电动车、摩托车坏了都来找他。生意蛮好的，几年下来，手头积攒了不少钱。结婚时，买了洗衣机、电冰箱、39 寸的平面大彩电。

新娘子小王。年前订亲时，我回去看了，人长得蛮好的，个子高高的，挺苗条，就是皮肤有点黑。初中毕业后，在城里读了两年技校，后期，又到苏州昆山那边

泣血的呼唤

去打工，算是见过世面了，说话做事蛮大方的。头一回见到我时，就跟我二叔长、二叔短的，一点都不认生。听大哥说，婚期订下以后，两个人就住在一起了。

"现在的年轻人！"大哥还是老脑筋，对年轻人的事，总是有些看不惯。可人家小两口不管那一套，城里人结婚时兴什么，他们就买什么、做什么。比如，一千多块钱一套的婚纱照，按大哥的意思没有那个必要，照那么几张涂脂抹粉的照片，两头肥猪钱就没了。可人家小两口一合计，骑上摩托车，"呜呜呜"地就奔县城照相馆去了。

大哥看人家新娘房里装了音响、安上了立柜式的大空调，无言以对，私下里跟我嘀咕，说："都是跟电视里学的，城市风！现在的小孩，大人是管不了啦！买那么多电器来，在农村，能用得上吗？"大哥没好说，买那么多电器，都开起来，每天得多少电费呀！

我说："小孩子的事，由他们自己折腾吧！"

大哥说："就这，还不满意啦！"

我问："还有什么不满意的？城里人结婚，也不过就是这样。"

大嫂一旁插话："嫌我们没有给盖楼房。"

大哥说："我就是有钱，也不能给他们盖楼房！"大哥说，我要是给他们俩盖楼房，老大家怎么办？

大哥家两个儿子。

五年前，大哥一撒手，盖了六间青砖到顶的"个"字形大瓦房，老大结婚时，占用了东头三间。原计划西头三间留给来运。没想到，几年下来，农村家家户户盖起了小洋楼，大哥家的瓦房跟不上潮流了。但，大哥坚持要在瓦房里为来运办喜事。大哥想一碗水端平。

可事实又是怎样呢？老大结婚那会儿，只买了一台洗衣机，还是单缸的，就草草地把大儿媳妇领进门了。眼下，老二结婚，外面看，瓦房都是一样的，可老二的新房里吊了顶子、铺了地板砖，电器化一应俱全。大哥私下里跟我说："老大媳妇，早就红眼了！"

我跟着打圆场，说："光红眼没有用，以后的日子，还要靠他们自己过。"

大哥说："对，我就是这个观点，眼下，不管怎样，先把老二的喜事办了，出了喜月，我就给他们分家，让他们兄弟俩，谁有本事，谁去盖楼房、过好自己的日子去！"

大哥嘴上是那样说，可实际上，他暗中还是帮着小儿子。新娘的婚车顶到门上时，我看到一大帮人，从彩车上又抬下包装精致的洗衣机、电冰箱，以及立柜式的大空调什么的。

当下，我愕然一下，指给大哥，说："新娘子那边，又陪送来一套电器？"言外之意，这下，大哥给小儿子事先购置的那些电器，可以匀几件给老大家了。

没料到，大哥瞥了一眼，不以为然地说："过彩礼的！"

刹那间，我明白了，敢情那箱子里都是空的！里面的电器，提前几天就已经摆放到新娘房里了。之所以要把那些空箱子贴上大红"囍"字，放在彩车上招摇过市，是想告诉人家，新娘子陪嫁来的电器是如此丰厚。

小村腊月

小村腊月，外出打工的人陆续都回来了。

四平的女人跟四平说，你别整天就知道围着牌桌转，找几个人盖间小锅棚子吧。四平女人说，房子都盖好两、三年了，连个烙煎饼的小棚子都没有。

小村腊月，外出打工的人陆续都回来了。

四平的女人跟四平说，你别整天就知道围着牌桌转，找几个人盖间小锅棚子吧。四平女人说，房子都盖好两、三年了，连个烙煎饼的小棚子都没有。趁这会儿腊月天，人手齐，你找几个人盖个小锅棚我好烙煎饼。要不，夏天坐在西屋里烙煎饼热死了！四平让女人说急了，答应女人：过几天叫九更来给盖。

九更是瓦匠，跟四平处得不错。

四平结婚早。四平结婚那会，九更忙里忙外地帮着粉白墙，铺地板砖，跟自家亲兄弟似的。九更跟四平同年岁。但，九更比四平大月份。平日里，四平、四平女人都跟九更叫九哥。

四平女人说："你去看看九哥有空没有，明天叫他来？"

九更跟东庄他表舅在大庆盖大楼。年前年后回来个把月，整天闲不住，不是东家请去盖新房，就是西家叫去垒砖、建院墙，忙着哩！四平找到九更时，九更正在西巷二华家垒院墙。四平问九更，二华家院墙垒好了，还要到哪干？

九更说："嘛，你有事呀？"

四平说："没什么大事。"

九更说："什么事？"

四平说："想盖个小锅棚，给你弟妹好烙煎饼。"

九更说："行！"

九更说行时，就跟他一起干活的人讲，后边谁家的活都不干了，要到四平家垒小锅棚。九更说四平："你回去准备料子吧，二华家干完就去。"

四平说："没什么准备的。"

九更说："砖瓦都备齐了？"

四平说："砖是够了，盖屋时剩下的，就是……"后半句，四平没好意思说。

前年，四平盖屋时，剩了些砖瓦，九更把瓦拣了去添在他家小西屋上了。当时，四平不想给他。就想到将来要盖小锅棚，四平打拦腿说："那瓦，八成不是太好！"其实，都是好瓦。九更说："不碍事！"还说他拉回去，拣好的用。

四平看九更真要用那瓦，也就不好深说了。九更呢，也看出四平不想给他用，拉瓦的时候，九更说，你放心吧，你什么时候要用瓦，说一声，我就买了送来。

现在，四平要盖小锅棚，你九更不正好还吗？九更怎么忘了那个茬呢？四平心里不是滋味。

晚上，四平把这事说给女人。女人说，明天她去要！女人说，她一个娘们家，才不管它面子不面子的，先把那瓦要来再说。四平说那样不好，还是等等，让九更自己想起来比较好。女人说，那要等到猴年马月。不行，要！

第二天，九更热热气气地领一伙人来干活时，四平女人就跟说着玩似的，提醒九更，说："九哥呀，前年

泣血的呼唤

你拉俺家的瓦，用没用完，没用完，这回，俺正好盖小棚子用。"

当下，九更牙疼似的，说："哟！我还用你们家瓦哩。不说，我都忘了！"

四平在一旁笑。九更问："当时，用了多少来着？"

女人一口报出数来："八十三块，还有两个半片的，你也拿去了。"

九更说："是吗，没有那些吧。"

九更说"没有那些"时，脸色就很不好看。九更跟四平说，他拉去那些瓦，不是断角的，就是裂缝的，没有几片能用的。

四平说："不对吧！"

九更说："怎么不对呢，当时，你还建议我不要用的。"

四平不吭声。但，四平有些来气，四平说："不就是几片瓦吗，有就还，没有就拉倒吧！"

九更听四平说这话，他反到认真了，拉长了脸子，说："哎！那怎么行。该怎样就怎样。没有瓦，我有钱，怕什么的！"九更说着，还真去身上掏钱了。四平看他掏了半天也没掏出张大票子。心想，现在砖瓦都涨价了，你还是借俺多少瓦，还俺多少瓦就对了。可九更把身上仅有的几十块钱扔给四平以后，还气恨恨的样子，转身走了。

事后，四平跟女人嘀咕，说九更那人不可交。发狠，以后，他再来借根草棒子都不给他！九更呢，到处宣扬，说四平两口子心太黑！拣了他盖屋剩下的几片破瓦，硬要他还好瓦。还说四平一点良心味都没有，他盖屋、娶亲时，拿他九更当作牛马一样使唤，到头来翻眼不认人。

这期间，好些话被传话的人传来传去。传到最后，两家大人恼了，小孩子也跟着恼了！

死 结

老人在一条干涸的小河沟里下好夹子时，为了不破坏现场布置的假象，他要大跨一步，跳上旁边的小河堤。那么，后面一只脚所留下的脚印，也是唯一一个脚印子，自然要比正常人脚印子深许多、大许多。可正是这个鞋印，老人至死都没想明白。

三社他爹是个能人，垒墙、修房、围猪圈、铡牛草、甩大锤，样样都懂门。他年轻的时候闯过浦口，就是今天的南京长江大桥北岸那一带，有人说他是码头工人，估计就是码头上扛大包、下苦力的。我小的时候，听大人们说他能扛着一麻袋粮食在长江里游泳，挺牛的。

后来，三社他爹怎么回乡种地了，我不知道。那时间，我还小，只知道他会捉鱼、会网鸟，能用自制的铁夹子，夹住活蹦乱跳的野兔子。有时，也捉黄鼠狼。

三社他爹识兔路，懂黄鼠狼的习性。冬天，天很冷，风沙也大，尖尖的小北风，裹着细小的沙粒，像小刀子一样呼呼刮着，小村里老老少少都"猫冬"焐炕头，三社他爹却闲不住，他背个大粪筐，前湖后岭，沟湾河套里乱寻摸，看到沙窝里有动物的足迹，先用细沙踏平，观察第二天是否再次出现，何时出现？连续几次，就可以断定是黄鼠狼还是什么其它动物。尤其是野兔，那小东西，看似挺机灵，满山遍野地乱跑，其实，傻得很，它的行踪非常有规律可寻，头一天走过的路，第二天的那个时间，仍旧要轮回。这对于三社他爹下夹子来说，

泣血的呼唤

简直是十拿九稳。

三社他爹会下梅花夹，连环夹，还会空中下套。凡是被三社他爹盯上的猎物，就等于判了死刑。三社他爹对付野兔、黄鼠狼、人脚獾、花野猫，各有招数。如捉到野兔，上来就一棍子敲死，那东西肉好吃，皮不值钱，随便怎么整死它都行。但是，一旦是黄鼠狼上了夹子，那就要小心了，那家伙，货值一张皮！刚上夹子时，它活蹦乱跳，拼命挣扎，不能急着捉它，要等它上窜下跳，直至精疲力竭，再用棍子压住他的脖子，不伤一根毫毛，让其窒息而死。随后，就手扒下它一张金灿灿的皮，晾干后，卖钱。黄鼠狼的肉不吃，挖坑埋掉。三社他爹说黄鼠狼的肉发臊，不好吃。其实，不是那么回事，黄鼠狼在生死关头，会放出一股臊气，驱赶对手，创造逃生之路，它的肉，并不一定就是臊的。但，三社他爹就认为是臊的，从来不吃。这里面，或许另有隐情，那就是传说中的黄鼠狼是黄大仙，有报复性。三社他爹扒其皮，是为了卖几个钱，养家糊口，再食其肉，心里是否感到不安呢？于是，干脆挖坑埋掉，也算是对死去的黄鼠狼一种心里上的慰藉。三社他爹在捉黄鼠狼时，小村里不少人都赌咒他，早晚被黄鼠狼治死。

果然，这年冬天，三社他爹为捉黄鼠狼而病倒了。当然，三社他爹在生病前很长一段时间就已经不捉黄狼了，他金盆洗手，扔了夹子，剪断了钢丝套，发誓永世不捉黄鼠狼，连野兔也不打了。整日闷闷不乐地缩在家里，夜深人静，时常被噩梦惊醒！家里人都猜到他看到了什么不吉祥的征兆。因为，黄鼠狼那东西，熟知人性，确实能做出让你吃惊的事来。比如，你这边下夹子捉它，它能识破你的圈套，叼来枯树枝，破鞋头，把你的夹子弄翻。这些把戏，三社他爹都遇到过，也常跟村里人当笑话讲。但，这一回，他遇到了什么，闭口不说了，整天闷在家里茶饭不思。后期，病倒了。

临终时，他把几个儿子叫到跟前，吐露了实情，说他在后岭黑风谷遇到了一个黄鼠狼大家族，连续下夹子，捉到第 17 只黄鼠狼时，忽而，一日清晨去起夹子时，看到夹子丝毫没动，而夹子旁边留下了一个大脚印子，就一个脚印子，特别大！他料定那不是正常人的脚印子，也不会是黄鼠狼做的假象，一定是另有所为。至于，那个大脚印子，是怎么留在他的夹子旁边，而不去踩他的夹子？他百思不得其解，总觉得那是个谜！

几个儿子听了，也觉得神乎其神，怎么会是一个脚印子，没有第二个？会不会父亲看花了眼？可老人一口咬定，就一个脚印子，特别大！还说，他蹲在那个脚印子跟前，仔细看了许久时辰。

三社听了父亲遭遇，拧眉静思了半天，忽而冒出一句："爹，会不会是你自己的脚印子？"一语未了，就看老人两眼一亮，四肢急促抖颤起来。那个脚印子，确实是老人自己踩的。

老人在一条干涸的小河沟里下好夹子时，为了不破坏现场布置的假象，他要大跨一步，跳上旁边的小河堤。那么，后面一只脚所留下的脚印，也是唯一一个脚印子，因为要用力起跳一下，自然要比正常人脚印子深许多、大许多。但三社他爹就忘了这个茬了，始终没有解开那个结儿，等小儿子一语道破天机时，他心里一激动，随之，两腿一挺，死了。

套 雁

瞎六指猫下腰，沿河沟跑回村里，找来乡邻，好一番摇旗呐喊，总算吓飞了那只伺机复仇的大灰雁。但他，当即放走了那只被他套住的雁。

盐河入海口，是片一眼望不到边际的湖地。

湖地，并非湖泊。而是水网密布的滩涂。它远离海岸线，又与海滩相接，尤其是海水波及不到的地方，历经数年淡水浸泡，春天可种玉米、高粱、黍子、大豆等各种农作物。夏秋时，庄稼陆续成熟，湖地里长高了的庄稼与海边的红柳棵子连为一体，犹如万顷碧波荡漾的青纱帐，挺壮观。进入冬季，万物萧条。湖地、海滩，一片空旷。

好在，湖地里有冬眠的小麦，一片连着一片，一直连到海滩边。天空中，时而有雁群飞过，看到下面绿油油的麦苗、亮晶晶的海滩，总要发出"咯嘎、咯嘎"！的鸣叫。似乎在前呼后应："下面有可口的麦苗、鲜嫩的鱼虾，要不要落下去，吃饱了肚子再走呢？"

回答，声调不一。所以，有的雁群趾高气扬地飞走了，有的雁群却被湖地里的食物引诱下来。

盐河两岸，想捉雁的人很多。但，真正能捉到雁的人很少。唯有瞎六指，算是捉雁的奇人。他时不时地就能把天空中飞翔的大雁给捉到手。

瞎六指并非是个瞎子。但他左手长着六个指头是真的。瞎六指年轻时被国民党抓去当壮丁，可他贪生怕死，行军途中，尽往路边大树上撞。长官误认为他是个睁眼瞎，就放他回来了。从此，村里人在他"六指"的雅号前面，又加了一个字——瞎六指。

瞎六指善讨小便宜。大集时，他经常混在一帮娘们中干些轻巧活。冬天，瞎六指看到北面的大雁飞来，他连轻巧的农活也不想干了，每天琢磨着捉大雁。

刚开始，没有人知道瞎六指是怎样捉住大雁的。只见他隔三岔五地把捉到的大雁，装在一个八面透风的竹笼子里，蹲在盐河边小码头上卖。

小孩子们围观，瞎六指不让小孩子靠近雁笼子。瞎六指吓唬小孩子，说："小心大雁啄掉你的小鸡鸡！"小孩子们知道瞎六指那话，是吓唬人的。但，大雁会啄人是真的。邻村，就有人捉雁时，被大雁给啄瞎了眼睛。

瞎六指可能也知道大雁是一种复仇性很强的动物，所以，他捉来的大雁，有的被当场拧弯了脖子、拧死了，有的被缠住嘴巴，怕它啄人。当然，最多的时候，还是把捉来的大雁装在笼子里。

盐河两岸有"宁吃飞禽四两，不吃走兽半斤"之说。可见，大雁比其它动物类的肉好吃。尤其是在那个粮食匮乏的年代，能捉到一只大雁来充饥，确实是件难得的美事。

小村里人，每天傍晚时，看到瞎六指背个鼓鼓囊囊的黑布口袋去捉雁，第二天一早，再见到他时，他已经蹲在盐河边小码头上卖大雁了。至于，夜里他是怎样捉到大雁的，没有人知道。

可，时间久了，人们还是看破瞎六指捉雁的把戏。他用小孩子套蝉的办法，去套大雁的脚掌。

其方法是，选在空旷的麦田里，或海水流动的浅水汪边，就地打下一个个深深的木桩，系上一个个可以滑动的尼龙扣儿，专等雁群落下来时，把脚掌伸进他设的

泣血的呼唤

"套"中。

问题是，麦田，一望无际；海滩，白茫茫的一片。雁群怎么就专挑瞎六指设套的地方着陆呢，这其中的奥秘何在？说穿了，也很简单，瞎六指每天背的黑布口袋里，装的是大雁标本。他在设套的地方，先设置"雁托"儿。空中正在飞翔的雁群，看到下面有同伴正在悠闲自得地进食儿，误认为此处是安全的。于是，便纷纷落下。由此，正中瞎六指设下的陷阱。

期间，若有一只雁被套住，它立马就会发出异样的鸣叫。

刹那间，整个雁群闻声而动，腾空而起之后，它们并不远去，而是围住那只被套牢的大雁，上下左右盘旋，想鼓舞它飞起来，一起离开这是非之地。

而此时，静候在不远处的瞎六指，明知道套住了大雁。但他，并不立马闯入雁群去捉拿猎物，他要等到雁群们失去救助同伴的信心，且，恋恋不舍地哀鸣而去之后，他再来收拾残局。

尽管如此，瞎六指每次来收雁时，总要有一两只大雁不肯离去。想必，它与那只落难的大雁是配偶或母子情深。瞎六指顾不了那么多了，他耀武扬威地晃动着手中的"网勺"，先吓跑留守的大雁，再去扑扣被他套住的大雁。可那时，刚刚腾飞起的大雁，并没有远去，它在空中声嘶力竭地哀鸣、盘旋，时而，还会俯冲下来，想从瞎六指手中夺回它的同伴。那场景，怪骇人的！

有一年，瞎六指套住了一只体大如鹅的大灰雁。拂晓前，瞎六指前去收雁，看到旁边那只留守的大灰雁突然暴躁起来，疯狂地鸣叫着，它扑打着翅膀，弹跳起来，冲向左右的"雁托"，又撕又拧又咬，直至将"雁托"

们一只一只地撕拧得稀巴烂，还不肯罢休，高高地仰起脖子，四处张望，其凶悍的目光，让瞎六指望而生畏。

那一刻，瞎六指惊呆了！他静静地缩在沟壑边，久久不敢靠前。末了，瞎六指猫下腰，沿河沟跑回村里，找来乡邻，好一番摇旗呐喊，总算吓飞了那只伺机复仇的大灰雁。但他，当即放走了那只被套的雁。

此后，瞎六指再不思套雁。

乡间早戏

乡间早戏，是我童年的事。现在没有了，将来也不可能再有了。那段时间很特殊。半夜里，忽而小村的大喇叭响了，一个村的男女老少都起来瞧好看的。

乡间早戏，是我童年的事。现在没有了，将来也不可能再有了。那段时间很特殊。半夜里，忽而小村的大喇叭响了！一个村的男女老少都起来了。村头小学校广场那儿，高挂着两、三盏大汽灯，大队干部站在汽灯前的高板凳上。有时，公社也来人。他们手里高举着铁皮做的喇叭筒，说是最新指示传到我们乡村。沸沸扬扬的人群里，大队干部总要大声喊呼：

"锣鼓队，到齐了没有？"

"齐了！"

"齐了齐了！

汽灯前的群众，全都帮着应呼。

"田秀兰，来了没有？"

泣血的呼唤

　　田秀兰就是田寡妇。但，在那种公开的场合，不能喊人家田寡妇。那样，多难听。所以，要喊田秀兰，大伙也都知道田秀兰就是田寡妇。一提到田秀兰，不用田寡妇说话，就有人替她回答："来了来了！"还有人指给喊话的人看："那不是正系红绸子吗！"接下来，又有人喊："赵贵家呢，来了没有？"

　　"来了来了！"

　　赵贵是村里的典型的贫雇农，他家里世世代代都是给地主家扛活的，可谓根正苗红。所以，婆娘也跟着沾光了，让她跟着田寡妇她们一起，参加了村里的秧歌队。

　　这时刻，要喊坏分子了，第一个就是胡巧珍，其声调比喊田寡妇、赵贵家的高八度，乍听起来，跟喊牛喊狗似的——

　　"胡巧珍！？"

　　胡巧珍明明已经答应了，可喊话的人好像压根儿没有听见似的，总要骂骂咧咧地再喊呼："他娘的，胡巧珍跑哪去了，把她揪出来！"

　　立马还有人附合着喊呼："把她揪出来！"

　　"揪出来！"

　　晃动的人群中，就听"扑通！"一声，胡巧珍被人一脚踹倒在汽灯前的空地上了。

　　这也是胡巧珍早就预料到的。所以，有时候，不等身后有人踹她，她自己主动就歪倒在汽灯前了。那样子既可怜，又滑稽好笑！

　　胡巧珍是地主婆。她不能跟田寡妇、赵贵家相比。田寡妇、赵贵家她们都是秧歌队的，尤其是田寡妇，她是领头的。胡巧珍虽然也是领头的，可她是坏分子里面的领头的。

锣鼓家伙敲起来以后，就分开主次了，最前面的是秧歌队，她们伴着唢呐和"叮咣叮咣，叮叮咣！"的锣鼓点儿，"扭"在前面；锣鼓队和几个吹唢呐的老人混在一起，紧跟在秧歌队后面，随时好让秧歌队"踩"着他们的鼓乐点儿"扭"；锣鼓队后面是大队干部和几个民兵揪斗坏分子的动人场面。

我们小孩子很自由，可以到处乱钻、乱跑，我们专拣热闹好看的地方去。比如前头的秧歌队在小街的"十"字路口拉开场子，扭起"十"字步，我们就赶紧从大人的胳膊底下钻到前面去，找个有利地形，看田寡妇她们扭呀唱的，怪好看的。

田寡妇是领唱的，她的嗓音好听，动作也好看，比如她唱到"天上布满星，月牙儿亮晶晶"时，她总要一手别在弯弯的后腰窝儿，一手掌心向上，紧贴在脑门上，高昂起脸儿，鼓着两个小布口袋一样的大奶子，假装望天上星星总也望不见的样子，可让人着急了。当田寡妇唱到"生产队里开大会，诉苦把冤申"时，就有好看的了！

那时间，就看田寡妇把手往地上一指，立马就有一个坏分子，或几坏分子被从后面的人群推倒在前面的空地上。那气氛异常地严肃悲壮！

可那样的场面不能坚持得太久，坚持得太久了，田寡妇就没有什么好唱的了。所以，往往在我们小孩子感到场面最热闹的时候，前头架汽灯的人，就要晃动着汽灯往前走了。

汽灯一往前走，我们小孩子立马又从大人的胳膊底下钻到后头，看胡巧珍她们几个头戴高纸帽的坏分子。

胡巧珍是双小脚，跟两个半大的茄子那样大小，走道儿老是一扭一扭的，总也走不快。民兵们看她走得慢，

泣血的呼唤

就很生气，老是推她"快走，快走，快点走！"

胡巧珍还是走不快。

她一个人走不快，影响到整个队伍的速度。于是，民兵们就要使劲推她。一下子用劲大了，胡巧珍就像放倒的湿草个子一样，"扑通"一声，来个嘴啃泥。

这下好了，队伍不好继续前进了。但，不好前进也有不好前进的办法——喊口号。

带头喊口号的，多数是村里的干部。

一喊口号，前面的人就知道后边有事了，脚步就会主动放慢一些，跟着那带头喊口号的人，一起举胳膊。所喊的口号内容，先是奋发向上的，接下来就和胡巧珍有关了，不是叫她罪该万死，就是要再踏上一只脚，叫她永世不得翻身！

我们小孩子有时也跟着瞎乱喊。

但，胡巧珍她们坏分子不许喊，她们连头都不许抬一抬，只允许她们看着自己的脚尖往前走，而且是走得快了、慢了，都不行。

我们小孩子觉得，那样的早晨，胡巧珍她们坏分子是最吃亏的，她们要被揪来斗去不说，关键是前头田寡妇她们扭的秧歌、看星星的场面，她们一点都没看到。多亏呀！

抓　亲

驻村工作队推行男女青年"晚婚晚育"。未经许可而娶进门的媳妇，要连同花轿一起给遣送回娘家，还召集双方"亲家们"办学习班。

　　夜风凉如水。村支书老曹，领着工作队里的老吕他们，悄悄地去二华家抓亲。时值午夜。曹支书在前面打头阵，老吕和几个民兵，黑灯瞎火地跟在后头。刚开始，老吕还提醒曹支书："慢点，脚步轻一点，老曹。"

　　曹支书可好，他身高马大，很快就独自走远了。老吕告诫身边的几个民兵：别弄出响动。尤其是不要咳嗽。

　　小村腊月天，午夜里的小北风，尖尖的直往人喉咙里灌，怎么能不咳嗽呢？

　　"安汉！"这是前头的曹支书。他咳嗽的声音还格外响亮。老吕怕他再咳嗽，暴露了目标，随喊呼身边的几个民兵："快点，跟上。"

　　老吕的意图是：今晚，一定要抓住二华家的新娘。

　　工作队的老吕进村不久，发现村里大龄青年晚婚观念不强，不少青年人，早早地找上媳妇，匆匆忙忙地就结婚了。这与当时"战天斗地"的形势很不相符。于是，老吕他们找村里的干部拿主意，规定：不论男女青年，不足二十八周岁，一律不许结婚。

　　开始，村里的老少爷们没拿这当回事，总认为结婚呗，过去是父母包办的。现如今，新社会男女双方同意，只管燃放鞭炮、摆喜酒、接花轿。

　　没想到，老吕他们知道村里个别人家没按他们的"规定"办事，视为"顶风上"，指派村里民兵，把喜庆的鞭炮给灭了、喜酒桌给掀了。娶进门的新媳妇连同花轿又给遣送回娘家，还召集双方"亲家们"办学习班。

　　这一来，把村里人给怔住了。好多人家，该嫁的不敢嫁了，该娶的不敢娶了。但，那些早已经订下婚期，而且选好黄道吉日的人家，又怎么好不娶不嫁呢？于是，他们干脆避开工作队的"眼睛"，不燃放鞭炮、不抬花轿、不在大白天摆酒席。甚至动员娶回的新娘早出晚归——白天躲在娘家，天黑后再接回婆家的新郎房。

尽管这样，还是被工作队的老吕他们知道了。他们发现小村里有人穿新衣服，细端详，还是新面孔。于是，就猜到有的人家里偷娶了新媳妇。

这天下午，老吕在二华家新屋里果然发现异常，便把大华堵在门口，盘问："你家新屋里住着什么人？"

"我和二华呀！"大华说。

"怎么放着两个红枕头？"

"对呀，我和二华一人一个。"

老吕鼓鼓嘴，指着床上红红绿绿的新被子，问："那是怎么回事？"

"哪怎么回事？"大华故意装糊涂。

老吕说："放那么多新被子干什么？"

"盖呗——！"大华的声音拖得长长的，显然是有些爱理不理的。这可把老吕气坏了。

当天晚上，也就是大华去西庄把新娘接回新屋时，老吕伙同曹支书，领着几个民兵，深一脚、浅一脚地摸来了。

"咣咣咣！"前面带路的曹支书，开始打门了，且大声喊呼："大华，大华，开门。工作队的老吕来了！"

随后，老吕他们翻墙入院，堵在大华家堂屋门口了，几乎是同时，三、四把手电筒，突然间一齐照向门窗。这期间，曹支书还在一个劲地喊："开门，大华，工作队老吕查房来了。"

敲了许久时辰，房门才打开。令老吕他们大惊失色的是，开门的不是大华，而是一位六十多岁的老奶奶。

曹支书惊呼一声，说："嗨，搞错了，大华家在前一排。"

老吕轻声嘀咕一声，说："怎么搞的！"那语气，显然是有些不高兴。

回头，等曹支书领着老吕他们再找到前排大华家时，大华家的新娘早已闻风而逃。剩下大华一个人，半天才把房门打开，而且睡眼朦胧的样子，冲老吕他们打了个哈欠，伸了个懒腰，极不耐烦地说："干什么呀，深更半夜的。"

老吕见没有堵上新娘，心里很是窝火，点一支烟，在门口站了一会儿，调头走了。

接下来，几个民兵拿着手电筒，屋里屋外的乱照一气，也都相跟着走了。也就在这同时，有个民兵发现大华媳妇正裹着花棉袄蹲在当院的草垛里，那民兵轻扯了曹支书后襟一把，示意曹支书停下。

曹支书却猛打了那人手背一下，头都没回地紧走几步，追上前面老吕，说："看来，大华家没娶啥新媳妇。"

老吕没有吱声。

曹支书也没再说啥。

黑暗中，几个人影，摇晃着手电筒，很快，都走远了。

听广播

王喜松把"亚古斗"听成啃骨头。这件事原本是个笑话，说说笑笑也就拉倒了。岂不知，那个王喜松天生是个"贫嘴子"。在田里干活或是巷口闲话时，就扯到"啃骨头"上了。终有一天，有人把他"啃骨头"的事告到

泣血的呼唤

驻村工作队。

工作队进村后，动员家家户户安上小广播。每天天不亮，公社广播站就开始广播了。什么国际形势，国内新闻，公社快讯。讲得没的可讲了，就放淮海戏，放山东快书，放样板戏，放革命歌曲。

当时，有一首很流行的歌曲，歌名叫《金珠玛妮亚古斗》。歌词大意是，亲人解放军进藏来，热情好客的西藏人民，载歌载舞表示欢庆的意思。歌中唱道"亚古斗、亚古斗，金珠玛妮亚古斗。"

有个叫王喜松的社员，一大早饿着肚子躺在被窝里，把歌词听成"啃骨头、啃骨头，社员都来啃骨头。"

那几年，生产队死了牛，社员们没钱买牛肉，但可以凭本队社员的身份，去喝牛肉汤或是和孩子们一起去争抢牛骨头啃。所以，他王喜松把"亚古斗"听成啃骨头也是很自然的事。当然，这件事原本是个笑话，说说笑笑也就拉倒了。岂不知，那个王喜松天生是个"贫嘴子"。在田里干活或是巷口、小街上碰见谁，三句话没说完，就扯到"啃骨头"上了。

日子久了，不知哪个多嘴的，把这件事情告诉了工作队的老吕他们，还添油加醋，说王喜松天天盼望生产队的牛快点死了，他好啃骨头。

这还了得！那时间，生产队的牛是社员的命根子，别管是水牛、黄牛，老牛、小牛，都是受法律保护的，哪个私杀耕牛，是要定罪论处的。他王喜松怎么敢想出这样的坏主意。

老吕很当回事地找到村支书老曹。老吕说："有人想私杀耕牛，破坏集体财产，你知道不知道？"

曹支书可能刚在谁家喝下酒，两眼红红地站在墙角尿泡。

老吕说："这不是一般的小事情。"那意思，要好好查查才是。

曹支书抖动着裤子，说："谁呀？"他没好说谁有这么大的胆子。

老吕说："王喜松。"

曹支书愕然！遂牙痛似地轻"哦"了一声，说："哟！他家成份不是太好！"

老吕说："你看看，你看看，问题严重了吧！"

老吕问："他家什么成份？"

曹支书说："中农。"

老吕分析说，贫农、下中农一条心，他中农就靠不住啦。

曹支书点点头。当场与老吕合计，把那个王喜松叫到大队部来整治整治。

王喜松可好，一听大喇叭里喊他，误认为公社又来了救济粮，扔下饭碗，抓过院里小树杈上汗乎乎的褂子就往大门外跑。来到大队部，一看曹支书袖子高挽着，猜到事情有些不妙。

当下，就看曹支书一拍桌子，吼道："王喜松，你胆子不小了吗？嗯！"

王喜松吓了一跳！一时间不知道自己犯了哪样的错误，很无助的样子，换一回脚步，站好。

曹支书问他："听说，你想啃生产队的牛骨头啦，是吗？"

王喜松沮丧着脸，连连摆手，说："没，没有的事。"

"嘭！"曹支书又一拍桌子，吼道："什么没有的事，小街上都传遍了，说你到处'放风'，要啃生产队的牛骨头。"

王喜松说："那是广播里说的。"

"什么广播里说的，就是你自己瞎造谣！"曹支书说着，随喊呼旁边的两个民兵："来呀，把他给我捆起来。"

这时候，一直坐在一旁陪审的老吕走过来阻止说："慢！"

老吕说，有些"细节"还没有搞清楚。

接下来，老吕亲自上阵审问王喜松。

不过老吕不像曹支书那样大声怒吼。老吕很是和风细雨的样子，问"你是怎么想起啃牛骨头的？"

王喜松看老吕这样问他，就想起春天分救济粮时，谁说家里孩子多，粮食不够吃，谁家就能多给些，所以，老吕问他为什么要啃牛骨头，王喜松便顺口答道："肚子饿！"目的，就是想多要点救济粮。

岂不知，老吕要的就是这句话。并以此为"思想动机"，当场拍板定案，给王喜松弄了个坏份子的"帽子"扣上。

第二天，全村社员开大会，专门批判王喜松这个"坏家伙"。

懒　五

懒五上有四个姐姐，下无弟弟妹妹，从小父母疼，姐姐们爱，宝贝疙瘩一个。五六岁时，还没下地走道儿。后期，终成一位懒汉。

懒五，乳名小五子。

他因懒而得名——懒五。

懒五上有四个姐姐，下无弟弟妹妹，从小父母疼，姐姐们爱，宝贝疙瘩一个。五六岁时，还没下地走道儿，动步父母抱着，姐姐们背着，吃花生、活桃什么的硬东西，他自个懒得嚼，全都是姐姐们轮翻用蒜臼子捣乱了，再一小口，一小口地喂他。

懒五的父亲是晚清的秀才，算得上知书达理的人家。头解放时，家里还开着私塾，三乡五里的，大凡能吃上饭的有钱人家，都把小孩送给懒五的父亲，学《百家姓》、背《女儿经》、读《四书五经》。

但，懒五不学。

他学不进去。就一个《百家姓》，懒五一个冬天背下来，最多记住开头两句，连第三句都不会记住的。他懒得动那个脑筋。

父亲用板子打他的手掌，竹竿敲他的脑壳，没用。

他懒五连眼睛都懒得睁一睁。

父亲把他赶出学堂，说："扒口喂鸭子，还能填进食去，这东西（指懒五），连鸭子都不如！"

父亲让他下田干活。

那时间，他家日子好，有学堂、有骡马、常年雇着伙计。

父亲专门指给他二亩谷地让他锄草，并不许伙计们帮他。

初夏时节，谷子还没有长高，谷地里的草也没有长高，及时把草锄掉，好长谷子，这是非常重要的。

懒五呢，被父亲逼急了，扛锄头只把谷地边上的草锄了锄，以瞒哄父亲的眼睛，里面的草他动都没动，便

泣血的呼唤

躺在路边树荫地里乘凉。

　　可到了秋天，谷子地里的草比谷子长得都高。那时，再想去拔草，晚了。一年的收成几乎是泡汤了。

　　父亲料定，这东西（懒五）是个败家子。

　　果然，父亲死后，懒五坐吃山空，没几年的功夫，就妻离子散，穷困潦倒了。他先卖田地，后卖庭院，再当古玩字画，供他下馆子、听洋戏、玩小牌。

　　懒五下馆子好图热闹，有事没事的总要找几个人陪着他喝酒划拳；听洋戏虽很认真，但他记不住词调，没事乱哼哼时，你根本听不清楚他哼的是哪一出戏里的曲调儿；玩小牌就更有趣了，他不玩现在的扑克牌，他玩的小牌窄窄长长的。外行人一看，黑乎乎的一片，全都一个模样，懒五也懒得去辩认，摸着哪张出哪张。所以，牌桌上的输家总是他懒五。

　　至今，我们老家那一带，还流传着一句独特的歇后语，懒五玩牌——没大没小。

　　等懒五破棉袄上扎根稻草绳，无钱下馆子、听洋戏、玩小牌时，正好让他赶上了新社会，落得个好成份不说。还因懒而出名，生产队安排他些轻巧活，让他看场、护青、跟着妇女们盘腿坐在场院里摘花生果……就这，他还是懒得动手，经常是正干着手中的什么活儿，就歪在一旁的乱草窝里睡着了。

　　到后期，他年岁大了，生产队也不再安排他干什么事情了。安排他也干不好！生产队根据上头照顾好孤寡老人的政策，专门给他盖了一间砖墙到顶的红瓦房，供他吃，供他穿，还给他买了一个香烟盒大小的半导体，让他欢度晚年。

　　懒五把那半导体当宝贝一样揣在怀里，没完没了地听。冬天他蹲在太阳地听，夏天躺在树荫底下听，吱吱啦啦地听《铡美案》、听《白蛇传》……后来，还听过一阵样板戏。直到七十年代后期他才死。

死时，半导体里还在给他唱着《铡美案》——

　　把你比作父，不认俩姣生

　　把你比作子，不孝俩双亲

　　……

那时间，懒五有八十多岁，没病没灾地死了。

村里人都说，懒五真是个有福的人。一天罪都没受过。

第四辑 青春放歌

青春，是最美好的时光，也是最有创造力的岁月。可青春期的孩子们，往往最难把控自己的导向。那时间，他们对爱情、对生命、都难以自控。当然，许多奇迹，也是在这个时期所诞生。不能不说，青春是一首美妙动听的歌。

扎黄手绢的女人

酒吧里，那个扎黄手绢的女人，是他们家楼上新搬来的小玉她妈，她深知刘征的妈妈每天给人家送炭挣钱不容易。她建议那个孩子：以后别再带人到这种地方来了！落款是——你家楼上，小玉她妈。

三江中学对面，有一家绿苑酒吧。

那酒吧是一个四川老板开的，装饰得很华丽，主要是面对周围几家大的工厂。三江中学的学生们也有去的，但很少，能去"泡吧"的学生，十有八九，都是有钱人家的子女。有几个常去的学生，酒吧里的服务员都认得了。

这天晚上，晚自习的铃声响过以后，酒吧里进来一对男女，一看他们的年龄、穿戴和肩上的书包，就知道又是对面三江中学的学生。

男生唤女生吴小莉。

女生管男生叫刘征。

刘征留分洋头，很"酷"的那种发型，右边的耳根好像还染了一束鸭黄色的秀发，半隐半现，不细心看，还很难辨出那是他专门染上去的。他穿一件银灰的夹克衫，打一蓝底白点儿的领带，可里面的白衬衣有些脏了，特别是领口处，有着淡淡的汗渍。

吴小莉到是挺清爽的，蓝花格的衬衣扎在象牙白的绷裤里，外面是一件没有系纽扣的真皮的黑色背心，宽宽松松地护在胸前背后，纤细的指甲上，好像还涂着淡淡的指甲油，灯光里一照，很鲜亮的！

他们是挽着手走进绿苑酒吧的。

进门时，刘征示意吴小莉，让她跟着玻璃门一起转，还给她提着挺重的书包。他们选在靠窗的一个包厢里坐下后，吴小莉笑盈盈地看着刘征，刘征呢，每点一道菜，都要指着菜单给吴小莉看，还小声问她喜不喜欢吃之类。

吴小莉握一张洁白的餐巾纸，不时地轻擦嘴角，一会儿点头，一会儿摇头，一会儿又点又摇头，脸上的表情，始终挂着甜甜的笑意。今天，是她的小生日，刘征提前几天就说要请她吃饭。

他们点了"雪山飞豹"、"水中望月"等西式菜肴，以及三香肉丝、腰果虾仁什么的，都是些挺雅的菜名儿。最后，点到酒水时，刘征颇有见地说："咱们来杯'XO'吧？"

刘征说，昨晚上他和几个哥们在这儿喝得就是"XO"

吴小莉惊讶了一下，说："是吗，那得多少钱呀！"

刘征说："不是买一整瓶，可以一杯一杯地买。"

"好喝吗？"

刘征说："好喝，意大利名酒。"

吴小莉瞪眼睛，说："不对吧，'XO'，是法国葡萄酒吧？！"

刘征好似恍然大悟，连连点头，说："对对对，是法国的，是法国女人们最喜欢喝的葡萄酒。"

吴小莉说："算了吧，那种洋酒贵得很！"言外之意，她也不会喝酒，要那么贵的名酒干什么。可刘征爽气地不得了，果断地说："就喝'XO'。"

刘征就想在吴小莉面前摆阔，他跟吴小莉说了，他父亲是个火车司机，母亲在一家外资企业做事，家里的钱就供他一个人读书。他打算高中毕业以后，如果在国内考不上"名牌"，就力争自费到国外去读书。还说，走到天涯海角，他也要把吴小莉带上。

刘征和吴小莉，虽然是一个学校，同一个年级，但他们不是一个班。他们是在一次校外活动时认识的。

小莉的父母是当地驻军，她跟随父母走南闯北，已经换了不少学校。她的功课不是太好，可她的普通话说得相当好！刘征为学校广播站写的每一篇稿子，全都是她吴小莉一字一句地广播出去的。平时，他们很少接触，高三的课程太紧，很难碰到一起去。

今晚，是吴小莉的十六岁生日，刘征提前两天就说好，要单独为她庆贺。

还好，今晚两个班级的老师都没有"拖堂"，晚自

146

习的铃声响过之后，他们如约而至地在校门口的报栏跟前见面了。

他们首选了绿苑酒吧。

酒店里，为他们服务的是一个扎着黄手绢的女人，从那女人的涂脂抹粉上，看不出她的真实年龄。但，从她右手无名指上戴的那个银亮的戒指上，可以看出她是结过婚的女人。她对刘征和吴小莉的服务很周到，给他们摆好碗筷，理平洁白的口布，点菜时，还给他们介绍酒店里今天进了什么新鲜的蔬菜和淡水鱼，看他们把茶水撒在桌上时，及时拿来擦布帮他们一点一滴地擦干净。尽力给他们营造着舒适的环境。

饭桌上，因为他们没要蛋糕，没点蜡烛，就那么尽善尽美地点了几道菜，有滋有味地吃起来。酒店的人，没有谁能看出他们在庆贺生日，以至为他们服务的那个扎黄手绢的女人，都不知道今晚是那个男孩为那个女孩庆贺生日。

不尽人意的是，当晚酒店的客人太多，他们所点的几样价格稍高一点的菜，都未能如愿，尤其是他们要的"雪山飞豹"、"水中望月"之类的稀罕物儿，全都换成油炸花生米，粉丝萝卜丝了。尽管如此，有几道小菜还是那扎黄手绢的女人从外面小摊上悄悄端来的。但，刘征和吴小莉始终沉浸在友情或朦胧的爱情中，并不知道当晚的菜肴来自何处。

买单时，刘征摸出了两张皱皱巴巴的百元大钞。想必，也正是因为他身上有了那两张大钞票，他才敢壮起胆子，点了那种价格昂贵的"XO"和"飞豹"、"望月"之类的西式餐肴，尽管他们每人只要了一小杯"XO"，可那种进口的酒水，每一小杯都要用两位数来计算的。

泣血的呼唤

那个刘征怎么也没料到，为他们服务的那个扎黄手绢的女人，只收了他们 22 块钱。

刘征拿着他买过的"单"往外走，自认为人家算错了，让他讨了便宜。可当他看到票据的后面两行小字时，他顿时愕然了！

今晚他们喝得不是"XO"，而是本地产的普通葡萄酒。再继续看下去，刘征忽而把发票卷了起来，他不想让吴小莉知道底下的内容！

原来，酒吧里，那个扎黄手绢的女人，是他们家楼上新搬来的小玉她妈，她深知刘征的妈妈每天给人家送炭挣钱不容易。发票的背面建议他：以后别再带人到这种地方来！落款是——你家楼上，小玉她妈。

大学第一年

父亲错怪了我，可他仍然冷板着面孔，不搭理我。直到母亲去里间米缸里找米要给我做稀粥时，父亲这才默默地起身去锅屋，不声不响地燃起了灶膛里的火⋯⋯

大学第一年，我多少还有些想家，尤其是月亮从东南方升起的夜晚，我总会想到月光下我那遥远的故乡。

那一年，我十九岁。平生第一次远离家门！

当年寒假，我赶在第一时间，选在一个干冷得连树枝都呜呜呜叫的黄昏，历经两天一夜的长途跋涉，终于望见了我离别已久的那个炊烟袅袅的小村。刹那间，旅途中车厢里的拥挤、干渴和无奈，全都忘到九霄云外。

我多想一步跨进家门，早一点见到我的爹娘。

　　那是我考上大学的第一个寒假。途中，两个干馒头，外加几块咖啡色的萝卜条，伴我从京城回到了苏北老家。

　　推开家门，小妹抢先接过我肩上的书包和我手中几盒北京果脯，母亲抄起围裙，下意识地擦着手，上下打量我两眼，没跟我说几句话，就去西墙根的小锅屋里燃起了灶膛里的火。父亲坐在桌边，默默地吸着烟，静静地看着我，直到我在他对面的桌边坐下，父亲才漫不经心地问我："你多会儿上的车？"

　　我说："前天中午。"

　　父亲轻"哦"了一声，好像是自言自语地说一句怎么走了这么久。随后，父亲又问："车上挤不挤？"

　　我说："挤。"

　　我还告诉父亲，说这阵子正赶上春节，火车上的人特别多，连厕所里都站满了人。

　　父亲可能想不到火车的厕所里怎么还会站满了人。父亲问我："路上有没有同路的？"

　　我知道父亲所说的"同路的"，就是指我有没有一起的同学。

　　我说："刚上火车时有，后来，大家就走散了！"

　　父亲木木的眼神望着我，好像不太理解我说的走散了。但，父亲很想知道和我一起读书的同学中，有没有同乡。可那时间，母亲把一大碗冒着热气的红烧肉端上桌。

　　一旁的父亲，顿时话少。想必，是想让我腾出嘴来吃肉。

　　母亲把那油汪汪的一碗红烧肉推到我跟前，筷子递到我的手里，说："趁热，你使劲儿吃。"

泣血的呼唤

　　母亲说的使劲儿吃，就是让我放开肚量吃。父亲看一眼我眼前的红烧肉，脸拐过一边，干咽着口水，深深地吸起了烟，。

　　可我，坐了两天一夜的火车，途中只嚼了两个干馒头。期间，怕厕所里进不去，连口水都没敢喝。此刻，我虽然饥饿，可我的嗓子干得快冒烟了，很想喝点菜汤、或稀饭什么的。所以，当母亲把那碗油汪汪的红烧肉推到我跟前时，我一把推开了，说："我不吃这个！"

　　母亲一愣！

　　父亲当即转过脸来，冷冷地看着我，好像突然间不认识眼前的儿子了！随之，父亲压低了嗓音，质问我："你说什么？"

　　刹那间，我被父亲冷漠的眼神怔住了！以至于半天没敢抬头看父亲，可那一刻，我还是蚊子哼哼一样，支吾说："我不吃这个。"

　　父亲再一次证实了我的言词，猛一拍桌子，厉声吼道："你，你这个小东西，才出去几天呀，连家里过的什么日子都忘了？"言外之意，我读了大学，忘本了，忘了家中过的是什么穷日子。

　　我在父亲面前向来都不敢大声说话。此刻，更无力与父亲争辩，可我还是蚊子哼哼一样，说："我不是那个意思。"

　　"那你是什么意思？"父亲两眼怒视着我，说："没给你做'八大碗'是不是？"

　　父亲说的"八大碗"，是我们苏北老家最高档的宴席。平常日子里，只有谁家婚丧嫁娶才可以吃到。可，此刻父亲说没给我做"八大碗"，显然是损我的！

　　当下，我不知是委屈的，还是被父亲训斥的，眼窝里的泪水止也止不住地流下来。我想跟父亲解释，说我一路上，只嚼了两个干馒头。可不知为什么，那一刻，我只觉得喉咙发紧，两眼发酸，什么话都说不出来了，无声的泪水，一个劲儿地扑簌簌地往下滚。

小妹一旁插话，说自从我考上大学，家里别说吃肉，连一顿白面馒头都没有吃过，节省下的细粮，全都托西巷三华他表舅在下木套粮站，换成全国粮票贴补给我了。小妹还说，那碗红烧肉，都做好几天了，全家人没有一个人动筷子，专门留给我吃的。

我揉着泪眼，带着抖颤的哭腔告诉爹娘，说我坐了两天一夜的火车，途中只嚼了两个干馒头……

娘听明白我话里的意思，禁不住抄起围裙，哭了。

小妹也跟着哭了。

唯有父亲，他虽然已经知道训诉我是错怪我了。可父亲仍然冷板着面孔，且把脸别到一边不搭理我。直到母亲去里间米缸里找米要给我做稀粥时，父亲这才默默地起身去锅屋，不声不响地燃起了灶膛里的火……

十八里相送

我读大学时，有一年暑假，高中时一个已婚的女生去看我，我送到他到村外，走进一片小树林里，我轻轻地揽过她，想去吻她。可她把脸拐到一边，说："不！"她告诉我："会有更好的姑娘等着你！"

大二的时候，暑假里我回到老家。有一天中午，我

泣血的呼唤

们家正吃午饭，我高中时的同学叶小枝，骑辆亮闪闪的自行车找到我家。进门，就跟我妈喊："大娘。"

高中时，我带她到我家来过。她认识我妈，可我妈不认得她了，忙指给我，说："二子，快看谁来了？"我一回头，见是叶小枝，放下碗筷迎出去，问她吃饭了没有。

她说："没有。"

我说："那就在我们家吃吧！"

她说："行。"

接下来，从她跟我们家人的谈话中得知，她结婚了，对象在部队。她此番不是专门来找我的。她说她对象那个部队有个老乡回来探亲，她去送了几斤花生米什么的，让那个老乡给带到部队去。路过我们庄头，听说我回来了，顺便过来看看我。

我看她车上没有花生米，就问她："花生米呢？"

她说："送去了。"

我说："带给你对象的？"

她笑，说："不给他，还能给谁！"

我妈一旁插话，说我读书读痴了。小叶用手背挡住嘴笑。我也笑。

我们俩高中时相处得不错。我考上大学后，还跟她通了好几封信。后来，不知怎么就不通信了。所以，她结婚成家的事，我一点也不知道。

她问我："大学里，课程紧不紧？"

我说："比高中时松多了。"

"咦——？"她很吃惊地问我："大学里应该更紧张才是？！"

我说："大学里，全凭自觉，经常是几百人坐在一起上大课，不想去听课也没人管你。"

"咦——？"

随后，她又问了我很多大学里的事，我说给她听了，她都感到很新奇。回头，她要走时，我跟我妈说："我去送送她？"

我妈可能看我跟她谈得太近乎了，不想让我送她。当着小叶的面，说："你要早点回来！"

小叶嘴上说"不用送"，可她心里真想让我送送她。

我送她到村外。走到东村小盐河那里，要脱掉袜子、鞋，才能过去。

小叶说："算了吧，你就别过去了。"

我说，我把车子给你扛过去。小叶也没再说啥，她弯下腰，脱去鞋袜的一刹那，我的眼睛忽而一亮！她那双白白的脚，如同一对白鸽子似的，令我怦然心动！那是我第一次感觉女人的脚好看。真好看！

一时间，我两眼发直，但我又怕她察觉到我的异样，假装不敢看的样子，把视线避开。其实，我在偷偷地看她！她可能没有察觉到。等她一手提着鞋袜，一手提着裤脚，"哗啦哗啦"地走在河水里时，我紧跟在她的身后，心里像是藏只小兔子一样，"扑通扑通"地跳得厉害！

来到河对岸，她脚上踩上了河边的泥沙，我突然惜香怜玉地冒出一句，说："刚才，叫我背你过来多好！"

她白了我一眼，打趣说："那我们现在，再回到对岸去？！"

一语未了，她自个先脸红了。

我也有些不好意思了。

也就在这同时，她告诉我，她对象的那个部队上，根本没有什么老乡来，她是专门来看我的。她说她婆婆

泣血的呼唤

家到我们村有七、八十里路，她一早晨出门，一直找到中午，才找到我们家……

听她那样一说，一时间，我不知如何是好。可此刻，她想起了我妈出门时的嘱咐，提醒我说："你早点回去吧！"

那时间，我已经送她很远了。可我还想送她，她先停下脚步，帮我理了一下领口和衣角，很温情地说："回去吧！"

我轻轻地揽过她，想去吻她。可她，把脸儿紧贴在我的脖颈上，好像是自言自语，又好像是很委屈似地摇着头，说："不，不！"她告诉我："会有更好的姑娘等着你！"说完，她推开我，骑上车子，头都没回地走了。

代人受过

过后，我把事情的真相跟张力说了。张力为之一怔！他愣愣地看了我好半天，末了，他两眼盈满着泪光，默默地离我而去。

大学读书时，我们宿舍的王川和他上铺的张力不对眼，先是背地里各说对方的坏话，接下来两人单独在屋里时，关门的声音和往桌子上放东西的声音有些异样，等关系发展到俩人见面不说话时，我们宿舍的气氛就异常紧张了。尤其是大伙都在屋时，谁都不好多言语了，生怕"暖"了这个，"凉"了那个。

有天晚自习后，张力夹着书本回来，发现他下午敞开的一扇窗户被谁关上了，当下拉下脸来，连问了两句："谁把窗户关上的？嗯，谁关上的？"

看没人吱声，他把矛头直接指向了王川，吼道："谁给关上的？"

张力在窗前凉了一双洗好的袜子，故意敞开窗户凉干后，晚上睡觉时好穿。张力是苏州人，非常爱干净，睡觉前，要洗脚洗腚不说，还要换上一双干净的袜子才能进被窝。可河南农村来的王川，洗脸洗脚都是一个盆，哪里看得上张力那酸不拉几的样儿。背后说过张力不少爱"臭美"的话。

想必，这关窗子的事，理应是王川干的了！但，王川不吱声。他跟没事人一样，目不暇接地盯着手中的书本，睬都不睬暴跳如雷的张力。

张力呢，伸手试了一下袜子还是湿的，猜到窗户关上已久了，书本往桌上一掼，嘴里不干不净地吼道："怎么了，装鳖不吱声了？"

王川默不做声地逼视着事态的发展。张力呢，嘴里还再不干不净地嘀咕。眼看，战火就要燃起，这时刻，我说不清是处于什么目的，一口把"罪过"揽下来。我跟张力说："对不起，窗子是我关的。"

顿时，宿舍里一片沉静。几乎是所有的人，都不会想到是这个结果。张力一听说是我关的窗子，就象是百米赛场上闯过彩带的运动员一样，立刻没了刚才的怒气。因为我们俩人的关系一直不错。

当晚，张力可能是唯一一次没穿袜子睡觉的。第二天出早操时，张力专门跟我走在一起，悄悄地向我陪不是。张力说："昨晚的事，我不是对你的！"让我千万别往心里去。我笑了笑，故意问他："哪你是对谁的？"

他说："我认为是王川干的。"

我拍了拍他，没作解释。大约过了两三天，有一天晚自习后，王川把我戳到教学楼北面的操场上，很不好意思地跟我说："我要好好谢谢你！"

我知道他说的关窗户的事。我半天没吱声。我心里话，他张力爱干净就爱干净是了，该你王川什么事，别那么老是跟人家过不去。但我没想到，王川说他关窗子，不是故意不让张力晾袜子。王川说那天下午他感冒了，连课都没能去上，他晕晕乎乎地关窗子时，根本没注意到张力在凉袜子。我说："那你当时怎么不说清楚？"

王川说："当晚，跟他说了，他张力能信吗！？"

我无言以对。

过后，我把这件事情的来龙去脉跟张力说了。张力为之一怔！他愣愣地看了我好半天，末了，他两眼盈满着泪光，默默地离我而去。

读　报

寒假过后，《芙蓉镇》的连载结束了。那个和我一起读报的女孩，突然间也不见了。好多次，我在报栏前等她；我在饭堂里寻觅她。但，始终没有再见到她。

大学读书时，班里没有报纸。但，学生食堂外面的马路两边，设有报栏。每天早晨，我在饭堂里搭一两稀粥，买两个馒头。两个馒头就稀粥吃一个，另一个夹上咖啡色的萝卜条，一边吃，一边站在报栏前看报。

那阵子，《北京日报》正连载古华的长篇小说《芙蓉镇》。我看得很入迷。什么满庚哥、芙蓉女，吊脚楼主王秋赦等等，那些鲜活的人物和故事情节，我至今记忆犹新。

每天早晨，我不等把一个馒头吃下肚，就急匆匆地跑去报栏前看报了。不能作美的是，报栏里就一张《北京日报》。可读报、看"连载"的人很多。有时，我赶到报栏前，那儿已围着好多人了。我很少跟他们凑热闹。要么早去，不吃饭就去；要么最后只剩下两、三个人时，再去。

这期间，我似乎意识到，有个女孩跟我选择的读报时间大致相同。她也是或早或晚，避开中间的"人流高峰"。她跟我一样，也是专看"连载"。而且，也喜欢一个人慢慢地看。

有时，报栏前就我们俩人，我们也不一起看。要么，她早我一步，她先看。我在一旁浏览别的报纸。要么，我早她一步，我先看。她假装很入神的样子，看着别的报纸。但，那时刻，我若一离开报栏，她马上就会站到我的位置上。

有天早晨，下起毛毛雨。我早她一步站到报栏前。她先是远离我，用手遮挡着头上、脸上的雨水看别的报纸。看着看着，她头上的雨水多了，她一边抹着头上的雨水，一边往我这边靠。我看她靠过来，就给她让出一点位置。她好像挺感激似的，冲我笑笑。但，很快就把目光转向了报栏了。

这以后，我们又有几次一起看报。彼此间，好像就是看报，谁也没有想别的什么。不知不觉中，我好像对她有了牵挂。倘若是她哪个早晨没来，或是哪个早晨我

泣血的呼唤

没见到她，总觉得少了点什么似的。也就在这同时，一年一度的寒假到了，我们各自离校。

寒假过后，《芙蓉镇》的连载结束了。那个和我一起读报的女孩，突然间也不见了。好多次，我在报栏前等她；我在饭堂里寻觅她。但，始终没有再见到她。我觉得那个女孩挺好的。至今，二十多年过去了，我还那样认为。真的！

红前红后

当我把两张卡通片放在一起时，忽而发现，前后两张卡通片上，尽管都是两条一红一黑的小金鱼在戏水。但，仔细一看，我给她的那张，红鱼在前，黑鱼在后。而她给我的这张，黑鱼在前，红鱼在后。

大四的那年元旦，校园里流行那种花花绿绿的卡通片。有花草，有虫鸟，有配上青松、翠柏、高山、河流的名人字画，大家互相赠送。

我择选了一张颇有情调的"双鱼戏水"，想送给我前排的女生胡小月，但我不知道她会不会接受。一连几天，我都没有勇气送给她。

这晚，窗外飘着淅淅沥沥的小雨。教室里稀稀拉拉的没有几个人，我鼓起勇气，轻晃小月的椅背一下，说："小月，你的化学作业拿来我对对答案。"

我们俩前后位，经常交换作业本子对答案，以至制图用的圆规、三角板什么的都彼此不分，往往是一块橡皮，她刚沾着口水擦过了，我再要过来贴在唇边。

但，那晚，小月不知道我别有用心。我跟她要化学作业对答案，她捧着本子就转过身来，扑闪着一对毛绒绒的大眼睛，问我："哪一题？"

我说："你把作业本给我，我自己看。"

小月便把手中的本子递给我。

回头，我还她作业本子时，悄悄地夹进那张"双鱼戏水"的卡通片。但，此时，我担心她不去翻看，就把作业本子交上去，万一被老师和同学们看到了，弄出笑话，可就尴尬了。于是，我哄她说："你的答案不对！"

她一愣，忙转过身来，问我："哪一题？"

我说："你看看就知道了。"

说完，我连桌上的书本都没收拾，如释重负般地起身离开教室。但我并没有走远。我在教学楼下，一丛路灯照耀不到的冬青树旁等她。我想，她看了我送给她的那张卡通片以后，一定会明白我的意思。因为，那图片上一红一黑两条小金鱼，足以表明我爱她的心思。

不能如意的是，那晚，她没有像我想象的那样及时跟出来找我。她在教室里呆了很久，直至晚自习结束时，她与好几个女生一起夹着书本走出教学楼。且，有说有笑地回到她们女生宿舍楼去了。

我躲在树丛中，看到她远去的身影，心中很焦虑，也很恐慌！我猜不出结果会是怎样的。但我坚信，她会给我一个满意的答复。

岂料，第三天午后，那张卡通片，又以同样的方式，夹在我的作业本里了。当下，我的头"嗡"地一下涨大！我知道小月没有接受我的爱。

一时间，我感到无地自容！我不知道当天我是怎样

泣血的呼唤

走出教室的。以至，第二天我又是怎样与她面对的。总之，就此我不想再与她来往了。

好在时间不久，我们就分头搞毕业论文了。

我故意选了一个与她异地而作的论文题目，这期间，我心里很复杂，尽管我咬牙切齿地恨着她，但她退给我的那张卡通片，我又如获至宝一样珍藏着，我认为那卡通片是经过她胡小月亲手拿过的，对我有一种说不出的亲切感！私下里，我不止一次地把它悄悄地吻在唇边。

可好，搞毕业论文期间，她给我寄来一封信。想必，都是些安慰、解释的话。我看都没看，重新找了个信封套上，原封没动地给她退了回去。一时间，我觉得这是对她最好的报复。很解气！

果然，返校搞论文答辩的几天里，她见到我时，羞得连头都抬不起来。但我没想到，就在我们要离校的前一天晚上，她把我叫到学院操场边的小树林里，借着朦朦的月光，她又掏给我一张卡通片。

那一刻，我愣了，问她："这是什么意思？"

她说："没有什么意思。这是你给我的，还给你。"
她还问我："我给你的那张呢？请你也还给我吧。"

我被她前后两次退卡通片给弄蒙了，问她："这是怎么回事？"

她说："我知道是怎么回事？我还正要问你呢。"
她质问我："我给你写的信，你为什么不看？"
我呆呆地看着她，没有吱声。
她追问我："我夹在你本子里的那张卡通片呢？"
此时，我意识到我们之间的卡通片不是一张。
小月说："去找来，还给我。"
说完，她转身走了。

我在她身后连喊了数声："小月，小月！"

她睬都没睬我。

回到宿舍，我急忙去找我珍藏着的那张卡通片。当我把两张卡通片放在一起时，忽而发现，前后两张卡通片上，尽管都是两条一红一黑的小金鱼在戏水。但，仔细一看，我给她的那张，红鱼在前，黑鱼在后。而她给我的这张，黑鱼在前，红鱼在后。

老　钻

老钻把他家一枚祖传的钻石戒指送给了小倩。当时，小倩吓了一大跳，连连摆手不敢要！老钻则心平气和地对她说："拿着吧，别看我们不能在一起了。可你，毕竟是让我爱过的第一个女人。"

老钻，老三届毕业生。招生改革以后，我们一起混过文凭，而且是同班同宿舍。之前，老钻下过乡，做过勘探队的钻工。初识的日子里，他张口闭口就是他们勘探队的老钻们怎样怎样。很快，班上的同学就叫他老钻了。

老钻喜欢打牌。但他牌风不好，赖牌。

头一回跟他打牌时，谁也看不出他会赖牌，他很规矩地把两副新牌穿插在一起，"嚓嚓嚓"地洗好后，单手捂在桌上。一个一个问："你们家那地方有什么打法？他们家那地方有什么打法？"一个一个问完了。由他统一思想，取得一致通过后，他这才把牌一亮，说："抓牌吧。"

老钻说："我们在井队上，没事就打牌。要么，谈女人！"

老钻说："我们井队上打牌，都通宵通宵地干。"

老钻说："……"

但是，谁也没有想到老钻打牌有个坏毛病——扔牌。他打输了，扔牌。打赢了，也扔牌。还尽往窗户外面扔。

他打赢了牌，不是因为他牌技高。而是牌风不好，他偷牌，换牌。遭到检举后，他感到没有面子就扔牌。嘴里还不干不净地说："操！打这玩意干什么。"还说，以后，谁他妈的再打牌，就是什么什么。

可过不了几天，他又把新牌买回来了，还想跟我们玩。

我们答应跟他玩，但是，约法三章：第一，限定打牌的时间，因为通宵达旦地玩，确实影响第二天的上课效果。第二，打牌时，不许偷牌换牌。第三，不能中途扔牌。这几条都是针对他老钻制定的。可玩着玩着，那纸牌又被他扔到窗下了。

有一天，上课时，我趴在桌上睡着了。等旁边人戳醒我时，老师已站到我跟前了。老师不动声色地问我："你夜里干什么了？"我哪敢说夜里陪老钻打牌。我低着头，支支吾吾地不敢吭声。

恰在这时，老钻从旁边站起来为我解围。老钻说："报告老师，都怪我夜里睡觉打呼噜，影响他休息了。"说完，老钻又补一句，说："我们是一个宿舍的。"

教室里，一阵哄堂大笑。

但，老钻没笑。老师也没笑，老师上一眼下一眼地看看我们俩，没再说啥，转身走了。

　　这一来，老钻更加得意了！回到宿舍后，扑克牌往桌上一掼，说："哥们，放心地玩吧！出了问题，全有我老钻顶着。"

　　可问题真的来了，他老钻又能怎样呢？大一的第二个学期，七门功课，我们宿舍六个人中，有五个人参加补考。公布分数的那天晚上，老钻一个人在操场边的小树林里，转悠了大半夜才回来。

　　第二天，老钻把屋里所有的纸牌都找出来，悄无声息地拿到厕所里烧了！我们都说："这回，老钻要彻底告别扑克牌了。"

　　哪知，事隔不久，班级组织检查宿舍卫生，在老钻的枕头底下，又翻出两副还没有启封的新牌。

　　大伙都说，老钻还想玩牌。

　　好在以后的日子里，老钻能克制住自己，不再挑头跟我们玩牌了。但他，不玩牌时谈论女人。老钻的岁数是也大一点，脸皮很厚，晚上熄灯上床，扯到班上哪个女生，明目张胆地评论人家是胖是瘦，还是一搂一把骨头。

　　有一天晚上，班长把他叫到操场边谈心。问他："你个人的问题，愿不愿意在班上解决？"

　　老钻听了班长那样问他，胸口怦怦直跳。尽管他猜到班长已为他物色好了目标，但他还是说："怎么可能呢！"

　　老钻长相一般，弯弯的脸膛子，还有点儿对对眼，乍一看，怪难受的。他给自己框定的女友标准是：是个女人就行！

　　可，当班长告诉他，班上的小倩对他有意思时，他愣了半天！总认为班长是逗他开心的。班长把小倩的意

泣血的呼唤

思告诉他之后，当天晚上，老钻就和小倩在操场边的小树林里约会了。

后来，他们又在其它地方约会。

再后来，他们悄无声息地分手了。至于什么原因分手的，小倩没说，老钻也没对外人讲。

但，有一件事情，我们宿舍的几个人都知道。他们两人分手时，老钻把他家一枚祖传的钻石戒指送给了小倩。当时，小倩吓了一大跳，连连摆手不敢要！老钻则心平气和地对她说："拿着吧，别看我们不能在一起了。可你，毕竟是让我爱过的第一个女人。"

相　约

信，是蓝萍写给我的，写得很长，详细地介绍了她的家庭情况，让我仔细斟酌。信的最后，她提出来，若是真有诚意，让我在开学后第一个周末的晚上八点，到学院操场西边的小树林里等她。

大学最后一年寒假，考试分数还没公布，好多同学都纷纷离校了，尤其是路远的，自我感觉考得不错、不需要补课的同学，连夜爬上火车走了。

大四的学生，老油条啦，哪个还有心思等你校方大会小会地总结表彰呢？赶快收拾收拾回家。但，我没走。独自找到学生科去要蓝萍家的地址。

蓝萍和我一个系，不是一个班。我们是在一次联谊会上相识的，彼此间都有些好感。但她不知道我在悄悄地爱着她。学生科那个矮胖的女人，笑眯眯地问我："你问人家女生的地址干什么？"

我支支吾吾地说："我们是老乡。"

"既然是老乡还不知道地址？"

我憋了个大红脸。胖女人笑，问我："大几啦？"

我规规矩矩地说："大四的。"

"大四的。"胖女人看我一眼，仍旧笑着把蓝萍家的地址写给了我。临出门时，我一口气说了好几个"谢谢"。

胖女人挥下手，说："去吧，去吧，去吧！"

回到宿舍，我按照蓝萍家的地址，给她写了一封信，云里雾里地表明我对她有那个意思。信上，我没好直说我怎样怎样地爱她。我只是试探性地向她表明我对她的好感。想必，她若是也有那个意思，肯定会给我回信。我让她回信时，寄到我父亲工作的地方，我怕留个农村地址让蓝萍瞧不起。

那时间，我父亲在地方公社党委工作。

但我们家是农村户口，母亲领着我们兄妹几个住在乡下，离父亲工作的单位有二十多里路。

回到老家的当天，我跟父亲说，可能会有同学寄信到公社党委。父亲没有吱声，但父亲每天回来都对我说："没有信来！"

我在焦虑不安中，度过了一天又一天。好不容易挨过春节，原认为父亲上班后，就会带来我的信。没想到，父亲上班后就到县里开三级干部大会去了。急得我每天都往乡里跑。二十多里路，有时，天不亮，我就赶到乡里等信了。

眼看返校的日期逼近，还没有等到蓝萍的信。我心

泣血的呼唤

里非常着急，也非常难过！我跟乡里的小公务员交待好，我走后，一旦有我的信，让他务必给我收好，寄给我。

小公务员答应得很好。

但我自己心里有数，十之八九，蓝萍不会有信来了。要来信，早就该来了。

返校的那天早晨，我说不清为什么，一个人莫名其妙地躲在小西屋里哭了。大嫂察觉到了，悄悄跟我妈说："他叔在外边是不是有些想家？！"

妈妈轻叹一声，说："在家千日好，出门一日难呀！"说这话的时候，妈妈也落泪了。

可家里人哪里知道，我被人冷落的那种心情？挺难过的。

回校后，我不好意思再见到蓝萍。我深知她不给我回信，就是不接受我对她的爱。蓝萍呢，看我躲着她，慢慢也疏远了我。好在我们不是一个班，平时，见面的机会不是太多。

后来，快要毕业时，我看她常和一个小个子男生走在一起，凭我的第六感觉，他们是在相爱。

我真想不明白，那个似乎要矮我一头的矮个子男生，到底好在哪？我不止一次地拿那个矮个男生与我比较，我觉得我哪方面都比那个矮个子男生强。

可好，偏在这时，我收到那个小公员的来信，说是前几天，他帮我父亲整理报纸时，突然抖出一封夹在报纸里的信，就及时给我寄来了。

我打开那封用信封套着的信一看，顿时愣了。

信，是蓝萍写给我的，写得很长，详细地介绍了她的家庭情况，让我仔细斟酌。信的最后，她提出来，若是真有诚意，让我在开学后第一个周末的晚上八点，到学院操场西边的小树林里等她。

房门，根本就没关

第二天，送她上路时，我对她说："昨夜，我很想去敲你的房门。"后面的话，我没有细说，想必，她什么都明白了。只见她半天低头不语，末了，她轻叹了一声，说："我的房门，根本就没关……"

大学毕业后，组织上把我分配到偏僻的羊儿洼油田去实习。那里是石油部下属的下属，一个基层得不能再基层的采油小队。全队三十来号人，七、八栋木板房。相拥相挤在一弯流水潺潺的古河套里。

刚来的那些夜晚，只要一闭上眼睛，学院里的课堂、操场，还有学生宿舍里那些打打闹闹的场景，就展现在眼前。不应该到这偏僻的羊儿洼来，我不只一次地咬着嘴唇怨恨自己。可现实就把我安排在那漫天风沙的鬼地方，我又有什么办法呢？

每天上班时，我要穿上那硬邦邦的工作服，扛着十几斤重的大管钳，提着一大串"叮叮当当"的量油筒，与当地的采油工丝毫没两样，不分白天黑夜地去"倒三班"。

有一天，我上大睡班，回来时已近中午，路过饭堂门口，迎面碰见了安子，她拿着我宿舍的碗筷，正往饭堂里走。

我第一眼看到她时，心里一热。我不敢相信，六百

泣血的呼唤

多里路，她是怎么一下子就来到我的眼前的。我瞪大了眼睛看着她，什么话也没说。一时间，只感到心里酸酸的，伸手把她手中的碗筷拿过来，默默地前头领她往回走，她一声不吭地跟在我后头。

回到宿舍，她第一句话就问我："你怎么不给我回信？"

我没有回答她。

我心里话，组织上把我分配到这么个野兔都不屙屎的鬼地方，我还有什么心思给她写信哟？

我随手摸过门后的毛巾擦了把脸，拉开抽屉去找钱。我想带她到小街的铺子里去吃饭。这时，我忽而发现床上的单子、床前的袜子，还有我挂在门后穿过的脏衣服，都被她洗了，晾在门前的铁丝上了。

我问她："你什么时候到的？"

她没说她什么时到的。她扑闪着两眼泪花，静静地看着我，说："我还认为你故意躲着我哩。"

我说："怎么会呢。"

我跟她说："确实不知道你来。"

安子不语，脸儿别到一边，泪水"扑扑"地往下滚。

我问她："都还好吧？"

我指的是，她和那个毕业前领我们搞毕业论文的小吴老师。安子半天没有言语，末了，她挺温和地看着我，说："今天，我们能不能不提他？"

我没有吱声，算是默认了她的话。

随后，我们真的就不提他了。但，我知道他们的关系不错。毕业留言时，安子在好多同学的留言簿上，连小吴老师的名字一同签上了。当时，她非常得意和荣耀！但我怎么也不会料到，在我走出校门不到半年，她会瞒着小吴老师，跑到这偏远的油区来看我。

晚上，安子住在我们厂区招待所。我陪她坐到很晚很晚，她仍然没有叫我离去的意思。好在，那晚，她房间里就住她一个人，我们说到什么时候都行。后来，估计是到了下半夜，房间里的灯光突然灭了。我出来一望，厂区一片漆黑。我对安子说："可能是停电了，你关门睡觉吧？"

我觉得黑灯以后，两个人再坐在一个房间里，是不是有些不太好。安子好像也有这样的想法。她问我："有没有蜡烛？"

我说："这会儿，到哪儿去找蜡烛？睡觉吧！"

她不吱声。我看她不吱声，也不好再坐，真的就起身告辞了。

临出门时，安子却突然拉过我的手，我也不知怎么了，就势抱紧了她，她钻到我的怀里，头不停地拱呀拱！等我捧起她的脸儿时，她两眼已盈满了泪花。分手时，她悄声叮嘱我："回去，别太激动。"

我点头说："好！"

可我，回去后，还真是太激动了。我躺在床上翻来覆去睡不着。后来，我干脆起来。我在院子里打转转，我不止一次地走到她的窗下，很想去敲她的房门。可我几次走到她的窗前，又没了勇气。

第二天，送她上路时，我对她说："昨夜，我很想去敲你的房门。"后面的话，我没有细说，想必，她什么都明白了。只见她半天低头不语，末了，她轻叹了一声，说："我的房门，根本就没关……"

小冯姑娘

小冯姑娘是队上的资料员，她个子不高，胖胖的，走道儿哼着歌儿，手里还晃动着一串铜的、铝的钥匙，"哗铃哗铃"地摇。乍看上去，她和中学生没什么两样。

小冯姑娘是队上的资料员，她个子不高，胖胖的，走道儿哼着歌儿，手里还晃动着一串铜的、铝的钥匙，"哗铃哗铃"地摇。乍看上去，她和中学生没什么两样。

小冯姑娘每天的工作，就是把全队各井、站上送来的产油、产气、注水量的数字汇总起来，抄一份给大队好再汇报，抄一份给队长晚上开会时好批评人。剩下的事情，就是分分报纸、送信、听电话，实在没有事情可干了，就把队部的那台一打开就"滋啦啦"乱响乱跳的破黑白电视打开，白天看，晚上看，总也看不够。

我初到羊儿洼油田的时候，与小冯姑娘住隔壁。

同样是隔眼不隔耳的板房，可我的板房西面，是三间空荡荡的库房，饿红了眼的耗子们，大白天都在里边追杀惨叫，怪瘆人的！隔墙的东面，虽说住着小冯姑娘，可她，整天不在房间里。

每天，我只能在吃饭时候，听到小冯姑娘"哗铃哗铃"摇着手中的钥匙，哼着．"泉水叮咚，泉水叮咚！"或是什么更好听的歌儿回来拿碗。除此之外，一整天，我再也听不到她任何响动。

有几回，我闷在屋里看书，听她"哗铃哗铃"唱着歌儿走来，真想放下手中的书本，同她搭搭话儿。可她，从我门前经过时，胸脯挺得高高的，趾高气扬的样子，睬都不睬我。

这日黄昏，下雨。

我独自坐在窗前，凝视着窗外的"沙沙"漂落的雨丝，又联想起学院里男生、女生们在一起读书学习的情景，不由自主地涌起了一阵阵骚动的心潮。恰在这时，门外突然响起一串"扑吃扑吃"的踩水声，我知道是小冯姑娘回来了。

刹那间，我没等她把房门打开，就大声地隔墙问过话去："几点啦，小冯？"

我这样问她，她好像知道我要干什么，一边抖着雨衣上的雨水，一边告诉我："还差十分钟。"

指开饭时间。

"给我带两个馒头好吗？我没有雨衣。"

她脆生生地回答我两个字："好的！"

转天，又是开饭时间，她便主动隔墙呼唤我：

"大学生，开饭喽！"

我坐在桌前，好像一直在等待这个声音。但我听到她第一声呼唤时，并没有急着回应她。这时刻，她便会再喊一声："开饭喽，大学生！"

听到她甜甜的喊声，我多数时候是拿起碗同她一道儿走。有时，我拿着饭票，门口堵她："给我带两馒头？"

"谁给你带两馒头！？"她这样说着，冲我一撅嘴儿，做个鬼脸，那只胖胖的小手，如同小燕子捉食似的，一下子把我手中的饭票捉去。

回头来，她不但给我带来馒头，还用她那小巧的饭盒盖儿，给我带来一份我爱吃的菜。

日子久了，我们彼此更熟悉起来。有时，她从队部

泣血的呼唤

回来路过我门口，看我正在埋头看书，便轻轻地猫着腰，绕到我身后，猛一跺脚，脆脆生地喊一声："嗨！"故意吓我一跳。常常是逗得我笑，她也笑。

这天晚饭后，停电。

我们坐在门口说了一会儿话，两人一起到房后的河堤上散步。期间，我给她讲了很多她不知道的知识，还给她背诵了普希金的一首爱情诗《赠娜塔利亚》。

一时间，不知她是在用心记我的话，还是在思索什么更奇妙的问题，低着头走在我的身边，一句话也不讲。

印象中，那晚的月亮，映在淙淙流淌的溪水里，很美！路过一处河水打弯的地方，她突然停下脚步，压低嗓音，喊我："大学生！"

我一愣，觉得她声音有些异样，忙唤她："小冯？"

一语未了，她转身靠到我的怀里，头顶着我的下额，轻轻地问我："羊儿洼，好吗？"

我似乎意识到了什么，猛推她一把，唤道："小冯！"她连退三、四步，差点跌个后仰翻，我的心随着一揪！可她，到底还是吃力地站住了。

"你！"她紧咬着粉唇，好像不认识我似的，静静地盯着我。突然，"哇"地哭出声来，转身，独自前头跑去。我跟在她后面连喊几声："小冯，小冯！"她头都没回。

当晚，我回去时，她已关灯躺下了。

半夜里，我听到她"呜呜"地哭泣。

此后几日，小冯姑娘总是躲着我。有几回我故意同她走个碰面，可她睬都不睬我。我心里很难过！想到我来羊儿洼这几个月，与我接触最多的就是小冯姑娘，她是我在羊儿洼唯一的亲人。平日里，帮我带饭、洗碗，

172

有时，还悄悄地把我床上的单子扯下去洗。但我，万没料到我们会是这样的结局。

这天夜里，也就是我接到调令，要离开羊儿洼的头一天深夜，我木木几几地唤醒了她。

没料到，她冷冷地问我："什么事，半夜三更的？"

我说："我要走了！"

"要走了！"她一把拽亮电灯。隔墙问我："不是说实习一年吗，怎么现在就要走了？"

我说："是厂部决定的。"

之后，我听她摸摸索索地穿上衣服，拉开房门。待我也开门让她进屋时，她却站在我的门口不进来。

她问我："是不是因为俺？"

我说是厂部决定的。

可她，还是说怪她！鼻子一酸，泪水"扑扑"地滚下来。

可巧，那天后半夜，羊儿洼落下了入冬以来的第一场大雪。小冯姑娘没等到天明儿，便冒着纷纷扬扬的大雪，步行到十几里外一个叫曹家乌的小镇上，专程为我买来一个日记本。

令我吃惊的是，那本子送给我时，扉页已被她撕去，但从字痕中，可以看出她在扉页上写过什么。原认为她是写错了什么字，不好意思让我看到，而就手撕去了。没想到，上路的那一刻，我去找她道别，发现她撕掉的那张扉页，正压在她桌上的玻璃板底下，上面端端正正地写道：

留下的是我的

送走的也是我的

我想让你了解我

唐裕亮把那几本杂志，放在桌头显眼的位置等她开口。

可那小姑娘不知是对文学刊物不感兴趣，还是跟他唐裕亮就是不来电。偏偏连眼皮都不抬一抬。

唐裕亮到局里帮忙的头一天，发现他办公室有个小姑娘挺有意思的。不怎么爱说话，默默地写字、看报。不分时候地修着指甲。有电话来，她也不急着接，总要把手放在电话机上，听它响到第三声或第四声时，才轻轻地拿起来，问一声："喂，找哪位？"

然后，就去隔壁或隔壁的隔壁的房间里喊人、找人。

唐裕亮坐在她斜对面。

准确地说，唐裕亮坐在她们堵头上。唐裕亮没来之前，办公室就她和科长俩人。唐裕亮来后，临时弄来一张三抽桌，放在他们桌头上，组成"品"字。

很不协调的是，那张桌子太破了，连抽屉的托板都没了。

好歹是临时帮忙，凑合几天拉倒。

唐裕亮去年的这个时候，也曾来帮忙整过材料。不过，去年的这个时候，眼前的这小姑娘还没来。

从办公室人员配备上讲，她也应该是个"笔杆子"。也就是说，以后，这科里再有什么材料，也许就不用他唐裕亮了。眼前的这个小姑娘，就是"培养对象"。

唐裕亮很想跟她说点什么，可她老是低头不语。要么，看科长不在屋里时，她也起身出去了。

听到电话响，她再从隔壁或隔壁的隔壁的房间里跑回来。笑盈盈的样子捧着话机说几句话，又走了。好像不想和他唐裕亮单独在一起似的。

唐裕亮看她那样，也就不好和她多说什么，他把科里的旧报纸从橱子顶上拿下来，一张一张地挑有副刊的版面看。

唐裕亮的文学功底很不错，在省级报刊上发过不少的中短篇小说和报告文学什么的。唐裕亮不知那位小姑娘了解不了解他。他很想让她了解他，很想让她知道他会写小说。

有了这样的念头，下午上班时，唐裕亮就带来几本杂志。那几本杂志里面都有他的小说，并且是他认为他写得最好的小说。他想推荐给她看看，可放在桌边又不知怎样向她推荐是好。毕竟是头一天上班，还不是太熟悉，他想等她向他要着看比较好些。

唐裕亮把那几本杂志，放在桌头显眼的位置等她开口。

可那小姑娘不知是对文学刊物不感兴趣，还是跟他唐裕亮就是井水不犯河水。偏偏连眼皮都不抬一抬。

眼看就要到下午下班时间了，那小姑娘在隔壁房间里还没回来。唐裕亮想，你不来，我得走了。就在他起身收拾东西时，忽而产生一个念头，他想把那几本杂志放在那小姑娘的抽屉。理由是他桌子上没有抽屉，放在桌面上怕被人随手拿去。这样，她若是翻抽屉里的东西时，肯定就会翻读他的小说。

接下来，他真的就把那几本杂志放在她左边那个没有上锁的抽屉里了。

第二天，第三天……唐裕亮都没有说他把杂志放在她抽屉里的事。不过，接下的几日里，唐裕亮一直在外采访，很少有在办公室闲坐的时候。

两周以后，唐裕亮帮忙结束。就要回原单位的头一天晚上，科里为他举行了一个小小的宴会。

科长在介绍他唐裕亮时，说了这么一句：

"小唐是个人才，写了不少的小说……"

那个小姑娘不知是处于一时的恭维，还是真对他唐裕亮的小说感了兴趣，酒杯端起来敬酒时，笑盈盈地责问他唐裕亮：

"怎么不把你的小说带来，给我们欣赏欣赏？！"

此时此刻，唐裕亮怎么好说他的小说就在她抽屉里。

唐裕亮笑了笑，说："我的小说写得不好！不好意思给你看。"说话间，人家敬他的那杯酒没干，他自个那杯酒一昂而尽了……

旧船票

一次偶然相遇，留下两张旧船票，他给她寄去一张，并让她好好保存。说是下一次见面时，再相互交换。

笔会的最后一天，组织到黄河游览。

四川的那个叫魏敏的女作者，还没到黄河就当众宣布："陆达今天是我的啦！"她想让陆达帮她拿包、抱衣服、提矿泉水，外加爬坡时，拉她一把。

陆达也没有含糊，当场表态做一回模范"丈夫"。

话音未落，便赢得一阵掌声、笑声。随后，又有几对男男女女的"搭配"在一起。

都是些小文人，弄在一起，好玩而已。

魏敏呢，也没让陆达跟她白"夫妻"一场，先扒一块口香糖，让陆达甜甜嘴。回头，会务组按人头，发面包、水果、矿泉水时，她又跟陆达说："我那份，都是你的啦！"

她包里，有的是水果、奶油饼干和巧克力。

临到黄河边乘船，陆达领来两张船票，看画面蛮好看的，递一张给魏敏，想叫她保存。

魏敏接过去，反正面看看又递给陆达，说："你都拿着吧。"

陆达说："挺好看的。你留一张作个纪念吧。"

魏敏说："放在一起，不也是纪念吗？"

陆达笑。

魏敏也笑，魏敏笑时还给陆达一个媚眼，说陆达："真笨！"

陆达折着手中的船票，连连点头，说："也好，也好！"

接下来，他们在船上说笑、留影，还在黄河岸边一同骑骆驼……这期间，魏敏问陆达："你家小孩几岁了？"

陆达说："还不到五岁。"

魏敏说："哟！你年龄不大吗！什么时候结的婚？"

陆达说："结婚那年，我都二十六了，就算是大龄青年了。"

魏敏说："你拉倒吧！我那位，跟我结婚时都三十四了。"

陆达转过脸看着魏敏，说："你年龄不大吗？！"

"根据你的小孩推算，我比你小三岁。"说这话时，魏敏转过脸来，扑闪着一对毛绒绒的大眼睛，问陆达："喜欢比你小三岁的女人吗？"

陆达笑容僵在脸上，可能是处于一时讨女人欢心，冲魏敏点头说："喜欢！"

魏敏白他一眼，说："骗人！"

陆达说不是骗人，是真的。

魏敏不爱听他的，魏敏指出他很多"不忠"。比如：在船上合影时，陆达离她太远，乘黄河公园缆车时，陆达跟别的女人坐在一起，云云。

陆达笑，陆达说："我还没注意这些哩！"

魏敏跟他打趣，说："别往心里去，跟你说着玩的，回家别把这事告诉你老婆惹出麻烦就行。"

可三天后，陆达到家憋不住，把认识魏敏的事，当笑话跟他爱人讲了。

陆达说，这次笔会上，认识一个四川女作者，可粘糊啦！还说："要不是我立场坚定，非弄点故事出来不行！"

陆达爱人说他："别吹牛了！是不是想'泡'人家，没捞到得手？"

陆达说："我要是想'泡'她，早就到手了。"

陆达爱人不爱睬他那一套。

大约过了一个多礼拜，陆达意外地收到魏敏的来信，尽管都是些问候、祝福的话。但着实让陆达高兴了一阵子。

陆达把信拿给爱人看，那意思是说，不是他吹牛吧？

陆达爱人跟他开玩笑，让他继续粘糊，别冷了人家"一腔热情"。

陆达当着爱人的面，把信纸一揉，嘴上说："拉倒吧！"可私下里，他给魏敏写了一封什么样的信，谁也不知道。

魏敏很快回信，寄上她的玉照，并要陆达的照片。

陆达不但给魏敏寄照片，还把黄河游览的两张旧船票给她寄去一张，告诉她，要好好保存。并说："下一次见面时，相互交换。"

魏敏再写信来，直接了当地问他："船票，何时才能交换？"

陆达没有把握跟她保证何时交换。

但，陆达似乎在想：是要找个机会，去跟魏敏见上一面。

听　浪

海风吹到他的脸上、颈上，和他那"扑扑扑"乱跳的心坎上。他似乎在想，再等一等，等到天黑了，海边游人少了，他们自然而然地就会在一起。

初到海边，她激动得像个孩子。

"海，大海！"她拍着两只雪白的手，指给他看。

他给她提着包、抱着衣服，笑而没答。

她仍旧很惊讶地伸出"兰花指"指给他看："呀！还有海鸥，红嘴的海鸥！帆船……"

她举起相机，对着海面上飞舞的海鸥和远处点点帆船"咔嚓，咔嚓"地拍摄，等她把相机递给他，并把相机的系带套到他脖子上时，她已从海边的护拦上翻过去，坐到离海浪很近的礁石上，摆出一个个动情的姿势，让他给她拍照。

她从来没见过大海。

泣血的呼唤

这次《青春诗刊》的笔会选在美丽的海滨城青岛，她可高兴了！接到通知的当天，她给他打电话，问他："接到去青岛的通知了吗？"

他笑，反过来问她："你说呢？"

她立马就猜到他也去青岛。电话里，她连声说："太好了，太好了！这回我们可以在大海边相见了。"他们不在一个城市。可他们每年都能因杂志社的邀请，而相聚一次或两、三次。

她居住的那个小城，属于西部黄土高坡，远离海岸线几千里，她所知道的大海，全都是从书本或电视上了解到的。她在电话中问他："到时，我们一起去海边散步好吗？"

他跟她开玩笑，说："好呀，让我牵着你的手吗？"

她很大方地说："好呀！"

他说："我们在大海边拥抱吧？！"

她笑盈盈地说："行呀！"

他们都是有家室的人，说说笑笑而已。现在，他们就漫步的大海边，海风吹乱了他的发型，却扬起了她火矩一样秀美的乌发，蓝天、波涛相吻的天地间，他多想像电话里说得那样，牵过她白晰的玉腕，或是在岩石的后面轻揽一下她那纤细的腰肢。可不知为什么，此时此刻，他心里越渴望得到的，反而越没有勇气去做了。

有几回，两人传递相机或并肩而行时，挨得可近了！尤其是她的长发，海风吹来的时候，不停地撩到他的脸上、颈上，和他那"扑扑扑"乱跳的心坎上。他似乎在想，再等一等，等到天黑了，海边游人少了，他们自然而然地相拥。那样，或许感受会更好些！可偏在这时，她看到前边的电话亭，问他："带磁卡了吗？"

　　他说："带了。"随从西服内侧的兜里摸出钱包，又从钱包的夹层里拽出一张他还没有用完的磁卡。她拿着磁卡，美滋滋地跑到海边的那个电话亭，眉飞色舞地拨通了对方的电话。他替她抱着衣服，提着包儿走近她时，她却向他挥挥手，示意他到一边等她。

　　他苦笑了一下走开了。但此刻，她那摇手的动作，似乎像鞭子一样猛抽到他的心上，使他感到阵阵酸痛！

　　他意识到，电话那端的人，与她的关系一定很密切，很亲近。起码比对他的关系要近得多，十有八、九是她的爱人或情人。否则，她不会在他走近她时，示意他走开。一时间，他对她的爱慕，就像眼前的海浪一样，高高地扬起又深深地跌落。他好没有意思地远离了她。

　　她捧着电话，又说又笑了好半天，后来，追过来还他磁卡时，脸上还有掩饰不住的笑容。他强打着笑脸，问她："给谁打电话？这么开心。"

　　她毫无顾忌地说："我那位，他也没见过大海，刚才我让他听了听大海的浪涛声。"他极不自然地笑了笑，嘴上说："你们可真够浪漫的。"可他内心深处，悄然蒙上了一层苦涩的阴影！

　　接下来，她的话多，他的话少。可无论她跟他谈什么，他都没了兴致。

小站不留客

　　火车到站了，同伴小琪去厕所未归。这可急坏了男主人苏宁。他下车后，围着前后车厢大声呼喊："小琪，

泣血的呼唤

秦小琪——"，始终没听到回答。

晚间的火车。

中午，午休的时候，苏宁就去车站把回程的车票买好了，并及时找到小琪她们宿舍，翻弄着手中的车票，说："我们的票号，可能是对座、靠窗的。"

"是吗？"小琪面带微笑，问："多少钱？"

苏宁说："算了，回去再说。"可是，当苏宁把其中一张车票递给小琪时，小琪还是如数将车票款付给苏宁了。

他们都是雨城来省师大进修的老师。

雨城，是个山区的小县城，虽有铁路通向那里，可快车一概不停。每天，只有早晚省城开过来的两趟慢车，在那里停靠三分钟。

按计划，他们下午考完试，休息一个晚上，第二天一早回去，就无需赶晚间的这趟夜车了。可他们出来半个多月，都有些归心似箭。尤其是小琪，她还在新婚里。

小琪的丈夫也是他们那所中学的老师。在这之前，他已经几次打电话来，寻问小琪的学习情况。虽说没有急于问小琪何时回去，可小琪从他的话语里，早已经感悟到他的期待。

小琪呢，何尝不是如此？

今晚的这趟夜车，就是她拿的主意。但，小琪没料到，晚间的这趟车，晃晃悠悠，见站就停。而且，要到夜里十二点以后，才能到达雨城。

刚上车的时候，苏宁和小琪各自沉浸在回家的喜悦中，尤其是火车启动的一刹那，两个人的脸上都有一种掩饰不住的笑容。可当夜色将列车两侧的河流、山脉、城市、村庄、树丛、田野……——吞灭之后，小琪忽而提出一个问题："我们到了雨城之后，可怎么回去呀？"

雨城，到他们所教书的那所两山口联中，还有二十多里的山路。白天，有小中巴在大山里拐来绕去。晚上，九点钟以后，可能就没有去他们那里的车了。

苏宁猛不丁地被小琪问住了。他先是一愣！但，很快男人的责任感油然而生，他告诉小琪："下车后，我们一起租辆三轮；如果租不到三轮，我们就在县城找个地方住下来，天亮再回去。"

小琪没有吱声。但，小琪想，也只能那样了。

接下来，两个人的话少了。各自脸上的忧虑多了！尤其是苏宁，他紧皱着眉头，似乎是在考虑，火车到达雨城之后，正是午夜，他带着个年轻貌美的女人，连夜往回赶，途中是否安全？当然，最重要的是，那时间是否还能找到去两山口的车。

如果，找不到去两山口的车，他和小琪势必要在雨城过一夜。那样的话，两个人总不能在车站熬到天亮吧？再说，雨城是个小站，送走了他们这趟夜车，候车大厅里就不再滞留旅客了。附近找一家旅馆住下，先不说两个人怎样住，就说他们两个人在雨城过了一夜，回去以后，会不会引起小琪丈夫不好的猜疑？至于小琪怎样想的，他不知道。途中，好长一阵子，小琪倚着车窗好像是迷迷糊糊地睡着了。直至列车员提醒："到雨城下车的旅客，准备下车了"。

苏宁这才晃醒正抱着小包打瞌睡的小琪，说："不要睡了，我们马上就要下车了。"

朦朦胧胧中的小琪，轻揉一下惺忪而美丽的一对大眼睛，看下表，随手在身边的小包里摸出一个纸团，无

泣血的呼唤

需言语：她要去趟厕所。

苏宁想提醒她："快点！"

可那话，到嘴边了，他又咽回去了。苏宁觉得，小琪是他的同事，毕竟不是自己的爱人，有些话，还是少说为好。

但，苏宁没料到，小琪去厕所的工夫，火车一声长鸣——进站了。

左顾右盼中的苏宁，先查看一下小琪座椅上有没有遗留什么东西，紧接着他挤过过道里好几个要下车的人，慌忙去拍车厢的厕所门，没听到小琪的回音，他还想去下一节车厢里找小琪。但，那时间，急于下车的人，早已经把车厢的过道挤得水泄不通。

苏宁争着挤下车，先围着前后车厢大声呼喊："小琪，秦小琪——"，始终没听到回答，他又跑到出站口去堵她。令他失望的是，站台上最后一位乘客走出来，候车大厅里关门上锁了，他都没有找到小琪。

苏宁焦虑不安！他觉得自己堂堂一个大男人，就这样把一个同行的女伴给丢了，回去以后，不好交待。他来回在车站广场上转悠，想利用一切可能的机会，找到小琪，直至天明，他都没有见到小琪的影子。

半晌时，苏宁心事重重地回到学校。第一件事，打听小琪回来了没有。当他得知小琪已经到家时，他负罪般地找到小琪，问她是怎么回来的。

小琪说，她上厕所回来后，就找不到他苏宁了。正好那时间火车已经进站，她一个人下车后，在雨城找了家旅馆，住到天亮，就早早地回来了。

苏宁轻"噢"了一声，心想：不对呀，他在火车上，乃至车站广场上，一直都是找她、等她的呀！

但，那话，苏宁没好说出来。苏宁仍旧很愧疚地对小琪说："对不起！"

可当他转过身来，一个人默默地往家走时，苏宁忽而反问自己："我哪一点对不起她秦小琪？"

讨　美

女主人不服老，她把自己年轻时候一张粉面含春的照片，复制到电脑屏幕的背景上。并调整了电脑的方向，让所有进入她办公室的人，进门就能看到电脑屏幕上年轻时候的她。

任小惠，并非像她的名字那样，听起来好像是个年轻、漂亮的小姑娘。其实，她已经徐娘半老了。按照机关内部男 53、女 50 的退休政策，再过个年年把把，她该回家抱孙子了。

可，任小惠不服老！她的心态还很年轻，平时打扮得非常入时，或者说非常青春，大红大绿的穿得不惹眼了，干脆来个一身运动装，偶尔，还故意戴顶男士的"太阳帽"，俏皮地走进机关，让人感觉到她很有朝气。其实不然，无论她怎样打扮，都掩饰不住岁月在她身上留下的沧桑。

最近两三年，任小惠的变化非常大，她的脸皮松了，眼角的鱼尾纹，就像两把忽悠忽悠的小蒲扇，不知不觉地就冒出来了，头发止不住地白了、稀了，先前笑起来，鼻唇之间有一道浅浅的"笑线"，非常迷人、灿烂。而今，

泣血的呼唤

那道曾经让许多男士着迷的"笑线"，也变得高低不一了，仔细端详，还会发现她的嘴巴有点歪，两边嘴角不在一条水平线上了。

真是岁月不饶人！

如果说，26 年前，由小学老师抽调到机关来的任小惠，是一朵绽放的美丽鲜花。而今，那朵曾经招蜂引蝶的鲜花，彻底地枯萎凋谢了！机关里一茬、接一茬的年轻人，早已经花团似锦地簇拥到她身旁。

"谁都有年轻的时候！"

这是任小惠常挂在嘴上的一句话。

每逢周末或傍晚，任小惠还像年轻时候那样，下班后不想马上回家。她独自坐在窗前，眼睁睁地看着机关里年轻的女孩子，被局长、科长们领进饭局、带进轿车，一丝丝悲凉，情不自禁地就袭上她的心头。

是的，谁都有年轻的时候。想当初，她任小惠不也是那样，被人请过、宠过、甜言蜜语地哄过、爱过吗？

那时间，机关里女同志特别少，稍微长得好看一点，就是抢眼的香饽饽。何况当年的任小惠，面如满月，身材曲美动人，一笑起来，鼻唇之间那道迷人的"笑线"就会无比灿烂地显现出来，让人感觉到她身体的某些部位十分奥秘、神奇。曾几何时，她高傲得像只金凤凰。

印象中，任小惠初到机关时，刚刚生过小孩，正值哺乳期，女人味十足！她那两只硕健、巨大的乳房，半隐半现在衬衣后面，像两座小山一样高耸着，吸引着机关好多男士的眼球。当面向她献殷勤的有，夸她漂亮的有，暗中送来"秋波"的也大有人在。可以这样说，那时候的任小惠，沉醉在被人赞赏和爱慕的眼光中，谁想请她吃饭、下馆子，要提前三天预约，还要看她高兴不高兴去哩！

转眼之间，人老珠黄了，鲜花、笑脸、赞美之声，离她而去。接踵而来的是眼气、窝气和不服气！尤其是看到现在的年轻女孩子，一个个染着黄发、紫发，抹着深深的眼线，涂着红嘴唇、紫嘴唇，不分时节地穿着套裙、高筒靴，嗲声嗲气地跟在领导人的身边"硬贴硬上"，她就气不打一处来，常常是恨得她牙根儿响。

女人呀，生来就是被人夸、被人哄的。任小惠难以接受眼前那种被人冷落的事实。她不断地变换着发式、衣着，着意充满着朝气！可一切都是徒劳的，她明显得感觉到，男士们的目光，在她脸上停留的时间越来越短暂了！有时候，她想听一句明知是虚伪的赞美之声，都很不容易了。这让一向爱美、受宠的任小惠无比心碎。

忽一日，任小惠突发奇想，把她年轻时候的一张粉面含春的照片，复制到电脑屏幕的背景上。并调整了电脑的方向，让所有进入她办公室的人，进门就能看到电脑屏幕上年轻时候的她。

"呀，这是谁呀？"第一次看到那张照片的人，尤其是男士，第一反应都是："这是谁？怎么这么漂亮！"

每当听到这久违了的赞美之声，一旁的任小惠，先是笑而不答，直至对方辨出那就是年轻时候的任小惠时，她才会面带微笑地问你："好看吗？"

回答，自然是："好看！好看……"

尽管那夸赞"好看"的声音愈来愈弱，可这对于任小惠来说，心中还像是抹了蜜一样甜。

任小惠庆幸自己的创举！

直到有一天，任小惠蹲在厕所的茅坑里，听到两个女孩子笑嘻嘻地把她的故事当成笑话讲，她突然感到心凉了半截！回到办公室，几乎是含着泪水，把电脑上年轻时候的她，抹去了……

窗　帘

奇怪的是，就在小琪换上对面楼上那种粉色窗帘时，对面楼上的那家，却意外地换上了小琪家的那种"金碧辉煌"。小琪感到莫名其妙！

小琪把她们的新居选在金都花园。这是她和老公商定再三的最后结果。

那里，属于古城新区，环境蛮好的，北依一面层林尽染的小山坡，南面是宽阔的市民广场，东西两侧都有环城公交车通过，交通、购物，十分方便，附近就有一家大型超市和农贸市场。

小区内配套设施也很齐全，托儿所、幼儿园、篮球场、露天游泳池，应有尽有。一进大门，就是气势磅礴的假山、喷泉、流水，颇有点江南水乡那种曲径通幽的味道。唯一不足的是，小区里前后楼的楼间距太近了，对面楼里放音乐、小夫妻吵架，这边楼上人家都听得一清二楚；大白天女主人在房间里换衣服，都要拉上前后窗的窗帘。否则，你胸罩上的挂带系歪了，对面楼上的邻居都能看仔细。为这事，小区里不少住户找过开发商，得到的回答是，人家是按标准来的。也就是说，楼房的间距，国家有统一的标准，不是开发商们胡乱来的。

无奈何，小区里新搬来的住户，只好在窗帘上大做文章。好多人家在装修房间的同时，就已经把窗帘的拉杆、吊环留好了，不少住户还装上了双层窗帘。一层是主窗帘，有红的、绿的、粉的、花的，等等，五花八门；另一层，纱纱网网的窗帘，在不影响室内光线的前提下，专门用于大白天遮挡对面楼上的"眼睛"。

小琪的老公，在一家外企做副总，苦大钱的主儿，整天深圳、海南地飞来跑去，家里的大小事情他一概不管。小琪根据自己喜好，选择窗帘时，采用了意大利进口的麻棉布，鸭黄的底色中带有亭台楼阁的淡淡水印，挺优雅的！尤其是晚上亮灯以后，室内立刻显得金碧辉煌，倘若是从外面看过来，又不失庄重大方。

小琪为她选择的窗帘，很是得意，好多朋友登门看她家的新房时，即使是大白天，小琪也要把窗帘拉上，让朋友们感受一下她新房内珠联璧合后的那种古色古香的味道。

小琪属于对生活充满情趣的那种很有味道的小女人，她的老公在外面苦到钱，如数交给她，供她披金挂银，吃好喝好，一张雪白的小脸儿，整天涂抹得粉粉嘟嘟的，修长的指甲儿精心修剪成小鸟的蛋壳状。她曾撒着娇儿，问他的老公："看我扯的窗帘怎么样呀？"

老公说："不错，不错！"

老公说"不错"的时候，压根儿就没往窗帘上看，他十天半月回家一趟，有小琪这样水水柔柔的女人伴在身边就足够了，管它什么窗帘不窗帘的事。

小琪呢，也知道老公不是那种会欣赏的人，只是想从老公的嘴里讨个好，撒个娇罢了。

这天晚上，老公又回来了，小琪在厨房里炒菜烧饭。回头，饭菜端上桌子以后，小琪看到老公还在阳台上抽烟，随跟过去，问老公今晚喝什么牌子的酒。老公没说喝什么酒，而是指着对面一户人家的窗帘说："那窗帘不错！"

小琪一愣神儿，往老公指的方向看了看，老公说的那户人家，挂的是粉色的窗帘，灯光中显得淡淡的，多少有些撩人的味道。但小琪没觉得它有多好，而是反过来问老公："你是说，我们家的窗帘不好吗？"

老公说："哪里，哪里，好，好！"随坐到饭桌前吃饭去了。

小琪却就此记住老公的话，选在老公不在家的夜晚，一个人站在阳台上，长时间地观望对面楼上的那户粉色的窗帘，看着看着，小琪有所感悟了！原来，那粉嫩嫩的窗帘，确实有些意思，细细品味它，既柔和又温馨，微风抖起来时，还颇有些撩人的情调。再看那家的女主人，哟！年轻、长得蛮漂亮，穿戴也新潮，窗前窗后闪动的身影里，既有线条感，又有女人味。难怪她把窗帘选择得那般诱人！原来，女主人本身就是一道靓丽的风景。小琪在暗暗羡慕、赞叹中，萌发了几多忌妒。

转天，小琪找来窗帘店的老板，指明对面楼上窗帘颜色，前后不到三天，竟然把自家的窗帘给换了，换成对面楼上那种的粉色窗帘。小琪就是要让老公明白，她与对面楼上那家女主人相比，不比她逊色。

奇怪的是，就在小琪换上对面楼上那种粉色窗帘时，对面楼上的那家，却意外地换上了小琪家的那种"金碧辉煌"。小琪感到莫名其妙！

镜花水月

说不准是哪一天，我们在车上互通了手机号码。当天，我收到她一条短信："看到你，才知道什么样的男人是优秀的。"我当即给她回复："生活中，有了你，如同推开一扇清风宜人的窗口。"

同在机关工作。偶尔，楼梯口相遇，彼此对对眼睛或轻轻地点点下巴，就算是相互问候了。但是，她那端庄、娴雅的美貌，无时不在我的眼前浮动着！我心里挺有她的。不过，都是有家有口的人了，心里有她没有她，又能怎样呢？

她到机关来之前，是下面一所小学的语文老师。一次，团委搞活动，把她借调到机关来。后期，她就留在机关了。不少人猜测她背后有人。我倒没有那样认为，我觉得，还是因为她长得漂亮！

我这样说，很容易让人想到她是靠美色才留在机关的。女人嘛，尤其是一个漂亮的女人，如此被人厚爱，难免要惹出一些话柄的。所以，初到机关的她，如同一只八面受敌的小鹿，谨慎而又睿智地默默做事，很长一段时间里，她去洗手间、到食堂打饭，都是形单影只。

我们的相识，源于一次团委表彰会。那天，我作为先进代表，要上台发言，她是大会的工作人员。会前，我缩在后排座位上没事人一样看小报。直到有人把我指给她时，她才汗津津地跑过来，隔着好几个人向我招手，让我快到前面指定的位置上就座。

泣血的呼唤

那一刻，我猛然发现，眼前的她，异常漂亮！一头乌发，一丝不乱地盘在脑后，一条象牙白的围巾，自领口轻轻松松地搭至胸前，半隐半现地露出白白的脖子，很容易让人联想到舞台上芭蕾舞演员的美姿。她把我领到指定座位以后，如释重负般地在纸上圈下了我的名字。

至此，她记住了我，我也记住了她。准确地说，在以后的日子里，是我有意留意起她。比如，她两三天就会换一身衣裳，而且是上身下身的服饰搭配起来一起换。再者，她可能不在我们机关澡堂里洗澡。我似乎没见过她敞胸露怀、披肩散发地从女浴室里出来时的那种散淡从容的样子。她给我的印象，始终都是那么干净利落，长长的头发，整天用两个"如意"型的卡子对夹在脑后，看不出她浓妆淡抹，可又挑不出她丹唇、乌眉间哪地方不妥。

每天早晨，我们一起跟单位的班车上班。她在我前一站先上车，我上车后，几乎是第一眼就能准确地看到她在车箱里的某一个位置。偶尔，她身边有空位，我会主动走过去，与她挨肩而坐，说几句当天天气好坏之类的话。日子久了，话题更多一些。期间，我到省里开会，几天后回来，她猛不丁地问："怎么三四天没见到你？"

我轻"哦"了一声，说："到省里开会了。"

她不以为然地说："我说呢，我还认为你调走了呢。"

我笑笑，说："我还能调到哪里去呀？"

她瞟了我一眼，说："嗯！谁不知道你是个人才。"

我反过来说她："你才是人才呢！否则，怎么留在机关的？"

她装作不睬我的样子，说："你拉倒吧！"

后来，说不准是哪一天，我们在车上互通了手机号码。当天，我收到她一条短信："看到你，才知道什么样的男人是优秀的。"我当即给她回复："生活中，有了你，如同推开一扇清风宜人的窗口。"

第二天，我们上班时，忙中偷闲，在 QQ 里聊天。但，那种妙不可言的时光，如同春风拂面，在我们两人的相处中，很快就过去了。大约两周以后，我在 QQ 里找不到她了，发短信给她，她也不回。以至于，上下班坐班车时，她都故意远远地躲着我。

为此，我焦虑而又郁闷！我反省自己是不是在 QQ 里说了什么伤害她的话。可我仔细地回忆过，没有呀！即使出现过一些缠绵的字眼，也没有破坏对方家庭的意思。那又是为什么呢？我陷入极度的苦闷中。

一天，午饭时，我看她独自在窗前用餐，便端着饭盒走近她，四目相对时，我没头没尾地问她一句："你怎么了？"

她低头拨弄着饭盒里的菜，好半天，回答我两个字："太累！"

我亲昵地骂她："没心没肺！"

她轻咬着粉唇说："真的太累。"

我轻叹一声，没再说啥。

之后，我很是知趣地远离了她。直到有一天，团委组织我们将要退团的大龄青年，去参观《镜花缘》作者李汝珍纪念馆，我们俩有意无意走到一起，看到大家纷纷在"镜花水月"的屏风墙前合影留念，我轻扯她衣袖一下，说："咱们在这儿合个影吧？"

她没有言语，但她，仰起脸，冲我妩媚地一笑。我随之招呼旁边持相机的同事："来来来，给我们照一张！"

刹那间，一阵"嚓嚓嚓"的相机快门声，把我们定

泣血的呼唤

格在那个寓意着虚虚实实的"镜花水月"之中。

安 莉

最初的日子里，我并不知道她叫安莉。我只觉得她长得漂亮。我曾暗自惊叹，小城里还有那么漂亮的女人！

后街，是条老街。早年，官府抬轿子，那是一条官道，也是小城里最为体面的一条大街。眼下，一家挨一家的服装店、洗头房、钟表作坊、美容美发厅，簇拥着当年曾经大红大紫过的几家"老子号"店面，把个原本就很狭窄的街面儿，挤弄得满满当当。

我与安莉的相识，就源于那条拥挤不堪的后街。那时，我刚从外地调到小城来，对小城里的一切都感到很新奇。

每天清晨，我踩着点儿，骑单车送女儿上学，来回必经后街。说不清是哪一天，我发现了安莉！

最初的日子里，我并不知道她叫安莉。我只觉得她长得漂亮。我曾暗自惊叹，小城里还有那么漂亮的女人！她的家，就居住在后街的一条小巷里，我常看到她带着一个咿呀学语的孩子在巷口玩耍。

我渴望见到她。尤其是每天清晨，我送女儿上学时，若能看到她出来买早点的身影，一整天我都觉得是愉快的！所以，好多次我把女儿送到学校后，又莫明其妙地返回到后街去。目的，就是想看到她！

期间，我与妻子一日晚间散步，有意无意间绕到后街。当时，我并没想到能碰见她，可偏偏就与她迎面相逢。灯火阑珊中，我远远地看她一手领着孩子，一手拿着一块用竹篾子串着的白兰瓜，哄孩子咬一小口，她自个也弯下腰去咬一小口。但我在妻子面前，却装作无事人一样。没料到，走到跟前，妻子竟然与她热情搭话。原来，她们是一个单位的。妻子还炫耀般地把我在亚太公司工作的身份介绍给她。

安莉惊呼一声说："是吗，亚太公司，挺不错的单位！"

我说："刚调过去。"

妻子一旁插话，说我是玩笔杆子的，没有用！给人家写材料的。

安莉冲我淡淡地笑笑，目光随之转到妻子那边了。

之后，说不清为什么，或许是因为安莉与我妻子是一个单位的缘故吧，我对安莉的爱慕，不再是先前那样想入非非了。但是，有关安莉的消息，我还是愿意听的。比如，安莉是她们单位的"花瓶"，常跟着部门的头头们陪饭局。天气乍暖还寒的时候，她第一个穿上飘逸的长裙和过膝的高筒靴。再者，安莉因为长相好、皮肤白嫩，被一家化妆品公司请去做形象代言人、还上了一家杂志的封面儿，等等。但，最让我感到震惊的是，两个月前的一天晚上，妻子下班回来，突然告诉我说：安莉离婚了！

我疑疑惑惑地说："不会吧？"

妻子说："什么呀，外面都传疯了，说她与她们科长胡搞，被她老公察觉到了。"说话间，妻子随手从她身边的小包里翻出一张名片，递给我说："她现在辞职了，没有脸面在我们单位干了，自己开了一家化妆品公司。"

泣血的呼唤

我接过安莉的名片反正面看了看，头衔是一家化妆品公司的总代理。我淡然一笑，随手就把安莉的名片给扔到一边了。但，妻子没有想到，就在那一瞬间里，我记住了安莉名片上的电话号码。之后的许多天里，我不止一次地想与安莉通话，我似乎是抱着试探的心理，或者说是调情的心态，想走近安莉。最终，我在一天晚上醉酒后，鼓起勇气拨通了安莉的电话。我语无伦次地自报家门。安莉却极为温和地说："知道知道，亚太公司的吗！"安莉还高抬我说："现在该是总经理了吧！"

我说："哪里，哪里！"我只字不提她离婚事。我只觉得她现在单身，更富有魅力！更适合我接近她。我夸她年轻、漂亮、很有女人味儿，好像我还说"我很喜欢她"之类的醉话。安莉丝毫没有反感，还挺和蔼地说："谢谢，谢谢！"还说，哪天要请我喝茶。我激动不已，连声说："那哪行呀，改天，我请你！"

第二天醒酒以后，我很担心昨晚酒后失态，本想打个电话跟安莉解释一下。没料到，当我再次与安莉通话时，她热情而又主动地邀请我到"一家春"茶社去喝茶。

这让我喜出望外。我曾在一本书上看过，说男女之间的爱慕，如同雷达中的电磁波一样，只要一方发出信号，另一方总能接收到。也就是说，自从我对安莉有了好感，安莉或许早就有了心理感应。我美美地设想着将要与安莉见面的每一个细节，以至于连拉手、揽腰的过程都想到了。

谁知，当我们真的落座于"一家春"茶社时，安莉的两句开场白，让我的心一下子凉了半截。

安莉说，她孤注一掷地辞掉眼前的工作，目的就是要打开她经销的化妆品市场。说话间，她顺手递给我一

196

张化妆品销售"回扣表"，让我发动我们公司的员工，想办法帮帮她。

刹那间，我的头"嗡"得一下涨大！

接下来，她的话多，我的话少，以至于那天晚上的茶局是怎么结束的，我都不记得了。我只记得她跟我介绍了一晚上她代售的"化妆品"，以及相互间的利润分成。

梅　子

梅子是阿亮新结识的情人，留着齐耳的短发，染得紫红油亮，与街上那些穿长筒靴的时髦女孩没有什么两样。其实梅子不再是那个年龄段的女孩了，她早就是孩子妈了。

梅子抽烟的姿势很优雅，微微眯着眼睛，食指与中指会在你不经意间陡然挺立起来，笔直地夹住香烟，衔在两片花瓣似的丹唇间，漫不经心的样子，深深地吸一口，缓缓地吐出烟雾，直至眼前烟雾散尽，你才看清她俏丽的容貌，如同满月从浮云间脱颖而出。

坐在梅子身旁的那个女孩，没有梅子好看，但她比梅子年轻。那女孩话不多，如同梅子的伴娘一般，不时地伏在梅子的耳边悄悄地讲着什么，默默地给梅子倒茶水、夹菜，劝梅子少喝酒，还不时地伸过手，握着餐巾纸，把梅子跟前的鱼刺、鸡骨头什么的拿到一边去。梅子一切都无所谓，尤其是喝酒，来者不拒。

梅子夹着香烟跟大家碰杯。期间，梅子说："我要给大家唱支歌。"并指明要跟阿亮一起唱。

阿亮说："好，就唱《祝你生日快乐》。"

因为，那天是梅子的生日。

那晚的酒宴，就是阿亮专门为梅子安排的。阿亮在我们朋友圈里是出了名的爱女人。梅子是他新结识的伙伴，留着齐耳的短发，染得紫红油亮，与街上那些穿长筒靴的时髦女孩没有什么两样。其实梅子不再是那个年龄段的女孩了，少说她也该是孩子妈了。

私下里，我曾悄悄地问过阿亮："在哪里认识的？"

阿亮也不瞒我，说："舞厅。"

我心凉了半截，心想："舞厅里结识的女人，还有什么好货色？！"可阿亮如同得了宝一样地爱着梅子，请她唱歌、蹦迪、给她买礼物，给她过生日的那天晚上，阿亮的老婆几次打电话问阿亮在哪里，和谁在一起？阿亮谎说他正和"灯泡"在一起打牌。

"灯泡"就是我。

我喜欢打牌，阿亮的老婆是知道的。于是，阿亮的老婆就放心了。同时，梅子和阿亮也都放心了。

酒至八成时，阿亮伏在我的耳边，笑嘻嘻地说："等会儿，梅子身边的那个女孩归你了。"

我掐他大腿，示意他不要瞎说。头一回见面，相互间连名字都叫不全，怎么能胡来呢？阿亮鼓动我要主动点，并一再伏在我的耳边，说："跟她喝酒！"可那女孩不会喝酒，她只喝茶。她听梅子说要唱歌，就主动帮梅子找来话筒，还帮梅子在《点歌簿》里查找到《祝你生日快乐》，梅子白了那女孩一眼，说："俗！"梅子抱住阿亮的胳膊，说："我要唱《爱你一万年》！"

阿亮迎和着梅子，扯开破锣一样的嗓子，揽住梅子娇小的身躯，跟梅子大声吼起了《爱你一万年》。

回头，再坐下喝酒时，梅子说，今儿我高兴！活了大半辈子，到头来，才知道要好好为自己活着。梅子端起酒杯要跟我喝，阿亮掐我的大腿，暗示我梅子已经喝多了，不要跟她喝。可梅子正在兴头上，我不好打了她的面子，端起酒杯想跟她意思一下，梅子却盯住我的酒杯，鄙视我："喝，喝了，大男人家的，不就是点酒吗，喝！"

梅子那样跟我说话时，阿亮刚好起身去洗手间，梅子冲我递个媚眼儿，说："你可不许打我的主意噢！"

我笑，我没有吭声。梅子说，我家老公是警察，专门整治你们这些想入非非的臭男人。

我心话，梅子长得这么漂亮，是应该找个警察，甚至可以找个当官的或者是有钱的款爷什么的。但我又怀疑，梅子的老公是警察，她怎么还敢跟阿亮在一起瞎粘乎呢？

时候不大，阿亮回来了，梅子拍着她身边的椅子，让阿亮坐过去，梅子撒娇，要坐在阿亮的大腿上，梅子说，那是女人对男人最好的"报复"。梅子虽然没有把话说透，但我似乎明白梅子指的是男欢女爱时女人是吃了"亏"的。此刻，就该坐在男人的大腿上讨个"公道"。

我跟阿亮说，梅子喝多了，送她回家吧。阿亮也是那个意思。可梅子不让，梅子说她没有家，她让阿亮给她找个地方。

阿亮把梅子扶出酒店，拦下一辆"的士"，挺温和地告诉梅子，说："今晚你喝得太多了，不好玩了。"他让梅子身边的那个女孩把梅子送到她妈家。那女孩点点头，告诉阿亮："你放心吧！"随关上车门，走了。

我和阿亮站在路口，看着"的士"远去的尾灯，我提醒阿亮，说："她老公是警察，你可要小心点！"

阿亮醉歪歪地拍我肩膀一下，说："屁！"

插　牌

海风吹来，那标牌又倒了。旁边起来一个兵，又去插那标牌。先前插标牌的那个兵，趁机回张望了一眼，好像是谴责自己刚才怎么没有插牢，其实，他是在偷看旁边那个女孩。

海边，金灿灿的沙滩上，笔直地插着一溜儿白底红字的标牌，九连一排（2）班、九连三排（2）班……好像都是九连的官兵。

但，他们分工不同。端坐在标牌旁晒太阳的，全都整装待发，随时都可能下海参加水上训练；而标牌下空无一人的，全都穿着桔黄色救生衣，搏击在近海的海面上，好几艘"呜呜"叫的小快艇，来回穿梭在他们当中。

那是一片有待开发好的海滨。远离城市和村庄，兵们来了一个多月，在海水与烈日的洗涤与曝晒下，一个个全都晒成了紫铜色。

一辆乌黑的小轿车，沿着兵们临时修过来的海滨道，甲壳虫一样，慢慢悠悠地开过来，停在九连三排（2）班的队列后面。

车上下来三个人，一个"锅肚"，一个大胡子司机，一个高挺着胸脯，穿着鸭黄色吊带衫的女孩子。那女孩，大概是那"锅肚"的女儿（或小蜜），她把白如面团一样的手臂，伸给那个"锅肚"握着，还笑盈盈地跟"锅肚"说笑。

闹不清他们是专门来看海的，还是对兵们水上训练产生兴趣，站在九连三排（2）班队列后面，引来士兵们不时地回头张望。其中一个"三道杠"的兵也回头张望了，但他，很快发觉坐在沙滩上的队列不是太整齐，一声："起立！"

兵们"涮"地一下，分三列横队，与"三道杠"站成面对面。

"三道杠"先说立正，又让向右看齐，等说到"稍息"时，突然命令他们："坐下！"

兵们"扑嗵"一下，全都坐在金灿灿的沙滩地上了。

这一来，兵们看不到背后的"锅肚"和那个白面团一样的女孩了，全都目不斜视向着大海。"三道杠"也同大伙一样，融为那三列横队中的一员，面向大海端坐着。

忽而，那块写着三排（2）班的白底红字的标牌被海风吹倒了。有一个兵，马上站起来，去扶正那标牌，并用力插向沙滩。

海边的风并不是太大，可鼓起了岸边那个女孩薄如蝉翼的鸭黄色裙子，刚好显出她青春的美！

那个起来插标牌的兵，向她望了一眼，很快就把头低下了。但，他在临坐下时，又向那女孩的裙摆望了一眼。

这时间，有几个兵的脖子里，好像刮进了沙粒，时不时地拧过脸来挠几下，还有一个兵，干脆回过头，换一种姿势，重新坐端正。

又一股海风吹来，那标牌又倒了。旁边忽而又起来一个兵，去插那标牌。先前插标牌的那个兵回头望了一

泣血的呼唤

眼，好像是谴责自己刚才怎么没有插牢，同时也向岸边望了一眼，但，很快与他旁边的"三道杠"一样坐端正。

时候不大，那标牌又被海风吹倒了。

这一回，同时起来两个兵，他们共同去插那标牌，还悄声说笑了什么，"三道杠"听到了，回头望了他们一眼，示意他们把标牌插牢实。可没过多久，那个刚刚插好的标牌又倒了！

这时，最初起来插标牌的那个兵，再次站起来，双手握紧了那标牌，借助于身体压力，好像很气愤的样子，猛劲儿往沙滩上一插，一家伙下去大半截。

这下，可以保证，那标牌，不会再倒了。可，细心的兵们发现，那时间，"锅肚"和那个穿吊带衫的女孩，已经坐进小车，走远了。

血　梦

父亲死了，死在血泊中。

父亲在临死时，生怕惊醒了睡梦中的儿子，强忍着割腕的剧烈疼痛，一动没动。

两天一夜的火车、汽车，钱学文终于赶到了父亲的病床前。

在这之前，大姐已经迎出小巷口，把父亲患了肝癌的事情说就给了钱学文，叮嘱他在父面前要忍住泪水。

可钱学文那里忍得住，他一见到病榻上骨瘦如柴的父亲，再没有当年那高大魁梧的身躯了，无言的泪水，如同断了线的珠子，止也止不住地滚下来，他几乎是跪在父亲的床头，责备一旁的大姐，说："怎么到现在才告诉我！？"

大姐抹着泪眼，说："是父亲不让告诉你。"

父亲看着千里迢迢赶来的儿子，深叹了一声，说："我没想到病得这么重。"

最初的日子里，家里人都瞒着父亲，说他得了肝炎，他自己也信以为真，说什么也不许惊动部队的儿子。

老人紧扯住儿子的手，一口一个"儿呀！儿"地叫着，且紧咬着牙根，对儿子说："我不是怕死，我是不想死，我这病，恐怕只有到部队医院里才能治好。"言外之意，他想到部队医院去治疗。

钱学文听到父亲说这话，还有什么好说的呢，第二天就带父亲去了部队。

列车上，父亲颇有兴致地说，要是部队医院能治好他这病，他要感谢部队一辈子。老人没说他怎样感谢儿子。

可钱学文却担心父亲这一去，只怕是有去无回了。

果然，部队医院的军医们一会诊，说老人的癌细胞已经扩散，不能再动手术。

儿子隐隐藏藏地把这个结论说给父亲时，父亲沉思了好长时间，训儿子说："那就把我肝上带病的一块，割去，扔掉吗！"

儿子看父亲求生的欲望太强烈，只好把真实的病情说给父亲，希望父亲能够谅解儿子。

父亲绝望了，当即把脸别到一边，半天无话。末了，他趁身边的医生、护士没有注意，一把拔掉了输液针，冲儿子说："送我回家。"

一时间，儿子无言以对。

儿子知道父亲在世的时间不多了，送父亲回到故乡后，他昼夜不离地守在父亲的病床前。这其间，父亲曾问到儿子部队上给了他几天假，要不要马上回去？

钱学文哄父亲说，部队上给了他40天的假期。

父亲嘴上说："好！"可他心里边也在犯嘀咕，部队上怎么能给他那么长的假期呢？可就在这期间，部队来电报，让钱学文回去参加每年一度的军队院校的研究生考试。全军区只有几个名额，根据各方面的条件，钱学文样样都符合。

病中的老人不知道啥叫研究生，但，老人家知道儿子部队上有事，闹不好是很急的事情，要不，怎么还发电报来！

老人催儿子，说："你回去吧，我一时半会，不会死。"

钱学文呢，看着危在旦夕的父亲，怎么好离开呢？他是独子，他跟父亲解释说，不是什么大事情，是让他回去参加考学。

老人不信，老人说："你不是考过学了嘛？"

钱学文知道父亲指的他考过大学了。就变了个说法，说部队里让他回去深造，将来好在部队干更多、更大的事情。

"那就是嘛，你快回去，别为我耽误前程。"

钱学文说："不碍事，我今年不参加，明年、后年，没准还有机会。

父亲不吱声了。但他很生气，好半天不理儿子了。

当天夜里，父亲在儿子熟睡以后，悄悄用一把水果刀割断了自己的动脉。一时间，床上床下，和旁边的墙壁上，到处都是惨不忍睹的鲜血……

父亲死了，死在血泊中。

父亲在临死时，生怕惊醒了睡梦中的儿子，强忍着割腕的剧烈疼痛，一动没动地死去了。

捕　鱼

"犯事"的外甥，看到舅舅捕到那条漏网之鱼，忽生感悟，他要回城"自首"去。舅舅叮嘱外甥："啥时候想吃鱼虾了，你就到老舅这边来！"外甥没有回话。但，舅舅看到外甥转身离去的一刹那，两眼盈满了泪花。

海潮退去的时候，盐河上游的滩涂里，裸露出一大片紫莹莹的海藻和一汪汪明晃晃的水塘、河汊子。那些水塘和小河汊子，有的沟沟河河地紧密相连；有的孤孤零零地自成一体。随潮水涌来的鱼虾，在海潮退去时荒不择路，被困在那些自成一体的水塘或尚在流淌的小河汊子里，觅食的海鸟和盐河两岸的渔民，便会选在这个时候前来捕捉。

"想吃鱼虾了，你就到这里来！"

这是盐河边的老渔民阿旺，叮嘱他外甥的话。

那时间，阿旺的外甥大学毕业，刚在城里安下小家，星期天、节假日，常带着城里的媳妇到老舅这边来，观赏海边的风景，吃老舅捕捉的新鲜的鱼虾，临走时，还要给他们打个海鲜包带上。挺美好的一段时光！

后来，他们小夫妻在城里有了孩子，生活的内容日趋丰富了，来老舅这边的次数就少了。再后来，阿旺的

泣血的呼唤

外甥做了官，偶尔到老舅这边来，村里的干部还有乡里的领导喊他去坐大饭店。阿旺粘了外甥的光，也跟着去了几回。但他感觉外甥太忙了，吃顿饭的工夫，好几拨人给他打电话。

这一天，外甥又像从前那样来了。阿旺还像从前那样，带着外甥去盐河口捕捉鱼虾。

那是个后秋的小雨天，阿旺选准一处小河汊儿，指着河面上泛起的"水花"，告诉外甥："看到了吧，那里有一条鱼，看水花，个头还不小。"

外甥没吱声，阿旺也没再说啥。阿旺让外甥守在原处不要动，他一个人提着网，跑到小河汊的下游，一连下了七道挂丝网，想把那条鱼捉住。期间，阿旺在河堤上掰下两根长长的树枝，递一根给外甥，他自己也拿一根。俩人一同来到小河上游，分别站在小河两岸，不停地用树枝拍打水面，以便让鱼往下游跑。

快到渔网跟前了，仍没见网上有动静，阿旺的外甥有些偃旗息鼓，阿旺却高声喊呼："快，使劲拍呀！"阿旺告诉外甥，越到渔网跟前，越要使劲儿拍打水面，鱼儿才能撞网。

果然，俩人拍打到渔网跟前时，那条鱼露面了。

但是，那条鱼并没有触到网上，而是一个鱼儿打挺，又一个鱼儿打挺……就像跨栏运动员完成百米跨栏似的，连续跳过了阿旺布下的七道挂丝网，眨眼间逃之夭夭。

那一刻，阿旺的外甥只感到惋惜，但他不知所措。阿旺却从中看出门道，他默不作声地下到河里，重新调整了网距。

调整后的网距，前后挨得很近，恰好是那条大鱼跳起来，再落下时触到后面的网上。阿旺信心满满地招呼外甥："走，咱们还像刚才那样，从下游往上游赶。"

可这一回，不管他们怎样拍打水面，那条鱼就是不露面了。

外甥怅然若失，说："鱼跑了！"

阿旺说："它没有跑远。"言下之意，那家伙，就藏在水下某个地方。阿旺围着河边转了转，忽而，盯上河中的一丛芦柴棵子，阿旺告诉外甥：那鱼，十有八、九，藏在那草丛里。

阿旺拿来事先备好的手撒网，他让外甥在河对面扔石块，他在河这边撒渔网，两人一气合成后，果真把那条大鱼扣在网里了。

可大鱼撞网后，阿旺却迅速松开了手中的网纲。外甥不解，他认为老舅没有看见网中的鱼，他在小河对面大声呼喊："扣着啦，扣着啦！"他想让老舅赶快收网。老舅却蹲在河边慢慢地摸出烟袋，直到那条大鱼在网中撞得没了力气，泛起了大白萝卜一样的白肚皮，阿旺这才慢慢地收拾它。

阿旺看着那条被拖上岸的大海鲢，跟外甥说："今儿，你有口福了！"

外甥先是沉默不语，随后，木木几几地冒出一句："这是个不祥的预兆！"

阿旺问外甥："逮条鱼，怎么还是不祥的预兆呢？"

外甥如实告诉老舅，说他在城里"犯事"了，本想到老舅这边躲一躲，可当他看到那条大鱼，逃过一劫又一劫，最终，还是难逃被捉住的下场时，他想回去自首了。

阿旺半天无话。

当天，阿旺从外甥进门的那一刻，就感觉气氛不对，他似乎意识到外甥摊上事了，他甚至想到昔日里前呼后拥的外甥，也要像电视上那些贪官一样，被关进"局子"。但做舅舅的管不了外甥在外面的事，他只想身体力行地带着外甥去盐河边捕捉鱼虾、陪他看看大海、散散心。

回头，外甥与阿旺道别时，阿旺还像往常那样叮嘱外甥："啥时候想吃鱼虾了，你就到老舅这边来！"

这一次，外甥没有回话。

但，阿旺看到外甥转身离去的一刹那，两眼盈满了泪花。

雪　画

大年初一的早晨，阿琦拉开院门，眼前的情景，让他惊呆了——雪地里，两个雪人一样的警察，正在门外一左一右地守候着他。

一场大雪，伴随着旧历新年的来临，悄然而至。

那雪，从年三十的午后开始，拂拂扬扬地飘下来，一直飘落到傍黑家家户户都贴上了红春联、挂上了大红的红灯笼，仍在扬扬撒撒地飞舞着。

瑞雪兆丰年！

赶在新年里，落下一场大雪，映衬着一串串喜庆的红灯笼、红春联，显然是一年的好兆头。

小镇上，外出打工的、读书的，乃至漂洋过海外出"搞劳务"的游子，大都赶在除夕夜这个合家团圆的日子回来了。有的，提前几天或十几天，甚至一进腊月，都不远千里万里地往亲人身边奔了。

阿琦也不离外。

阿琦离家半年多了。此时，他深知家里人都在期待他。当然，他也盼望着能与家人团聚。阿琦的家中，上有老母，下有妻子、儿女，他理所当然要在除夕夜里赶回家去。但他没料到，一场大雪，把他回家的计划打乱了。

阿琦搭乘晚班的火车赶到县城，原本想找一辆"摩的"或转乘当地那种招手就停的小中巴，能在除夕夜赶回家就可以了。没想到，往日县城里那些像小蚂蚁、小爬虫一样昼夜不停的摩的、小中巴，此刻，因为地上积雪太厚，或许是因为新年临近，都在一阵阵震耳欲聋的鞭炮声中销声匿迹了。

阿琦不甘心留在县城过大年。风雪中，他往返于火车站到汽车站之间，四处寻找一切可以搭乘的车辆。后来，好不容易在一家宾馆门口找到一辆"的士"，跟人家软缠硬磨。刚开始，阿琦出高价，对方都不送他，磨到最后，那个开"的士"的师傅出于同情，很勉强地答应了。可真到了小镇上，面对眼前冰雪覆盖的世界，阿琦似乎找不到自己的家了。

阿琦坐在"的士"里，来回指挥那个开"的士"的师傅，向左转、向右转，一连转了好几条街，他都没说哪是他自己的家。

那时间，已近午夜，棉团一样的雪花已经停了。可阵阵狂风卷起地上的雪屑，如同千万把小冰刀一样，漫天飞舞。

阿琦透过车窗，只见街上行人稀少，家家户户喜迎新年的红灯笼、红春联，在冰雪的覆盖下，如同白盐腌制的红枣、糖果一般。阿琦两眼茫茫地在那些"红枣、糖果"里寻觅他昔日温馨的家园。期间，两次路过家门，他都没有叫司机停车。

最后，开"的士"的那个师傅跟他急了，质问他："你这个人，怎么连自己的家都找不到呢？"

显然，人家也急着回城里与家人团圆。阿琦这才锁紧了眉头，指定一个路灯照耀不到的巷口，让车子停下了。

第二天，大年初一，天还没有亮，阿琦想悄然离去。

没料到，拉开院门，眼前的情景，让他惊呆了——雪地里，两个雪人一样的警察，正在门外一左一右地守候着他。

阿琦不知道他们是何时盯上他的。只见门前的雪地，被那两个警察，踏出了一大片深深的雪迹……

审　判

审判开始后，大量的人证、物证摆上桌面，王小玲的面部表情由最初的沮丧、无奈，慢慢地变为冷漠、呆滞了。

审判关中海的案件日趋临近。

那一天，对关中海的妻子王小玲来说，是一个令人期盼和恐慌的日子。她牢牢地记住法院指定的开庭日期和当天的具体开庭时间，可真到了那一天，她又没有时间观念了，一大早，王小玲就赶到法院。她想早点走进审判厅，找一个适合于她呆的地方坐下，静静地等候她的丈夫被押上审判席。但她没有想到，法院的大门，不是专门为她一个人敞开的。她来得太早了，审判厅的门锁还没有打开。

　　王小玲徘徊在审判厅外面，迷茫而无奈的眼神，来回躲闪着每一位行人。她不想在这个时候见到她熟悉的人或是被她熟悉的人看到她，更不想让人知道她是犯人关中海的妻子。

　　王小玲看着手腕上的表，估算一下，离开庭还有很长一段时间，她便远远地躲在法院对面的小公园里，看似晨练一般，在小公园的甬道上走来走去，压根儿看不出她是一个罪犯的家属。

　　快八点的时候，法院大门口开始人来人往，许多法官踩着点儿，陆陆续续地走进眼前那座巍然耸立的办公大楼内，紧接着，就有警车"呜哇呜哇"地鸣叫着，开进、开出。

　　王小玲颇有耐心地观察着进入法院的每一个人和每一辆车。其中，有些人同她一样，也是来旁听法庭对关中海的审判。当然，也不排除他们中有些人是来出庭作证的。

　　原本想第一个走进审判庭的王小玲，看到很多人都在审判厅门口等候，她突然间改变了主意，选择了最后一个入场。而且，入场后，静悄悄地选择了一处光线暗淡的角落坐下。

　　九点整，当审判长宣布：带被告关中海到庭时，法庭内立刻引来一片躁动。

　　然而，当关中海带着手镣脚铐被两名法警押出场时，全场鸦雀无声。可就在这时，突然间传来一声尖利的呼唤，瞬间打破了法庭内那庄严肃穆的宁静，那是王小玲的声音，她在呼唤关中海的名字。

　　王小玲看到她昔日的丈夫，被剃成光头、套着鸭黄色的囚服马甲被押上场时，她情不自禁地滚下两串热泪。

泣血的呼唤

　　王小玲不敢相信，眼前那个狼狈不堪的男人，就是曾经给过她无数恩爱的丈夫。她清楚地看到，关中海被押进场的一刹那，他那寻觅的目光，如同小刀子一般，在观众席上割来剜去。王小玲料定，他那"刀子"一样的目光，一定是寻觅她的。于是，她不顾一切地呼喊了一声："中海！"后面的话，王小玲还没有喊出来，就被前排的法警正颜厉色地给止住了。

　　好在，那一声呼唤，让关中海在第一时间里目睹到她，四目相对的时候，王小玲早已泪流满面。

　　关中海被收审半年多了。在这焦虑难熬的半年里，王小玲为关中海的案件奔波过、寻求过，尽管她无数次地恨过他、思念过他，但她还是希望控告关中海的罪名不能成立。她渴望在今天的法庭上，法官们能还她一个清清白白的丈夫。

　　然而，当审判开始后，大量的人证、物证摆上桌面，王小玲的面部表情由最初的沮丧、无奈，慢慢地变为冷漠、呆滞。最后，她眼窝的泪水，就像是干枯的河床，只见泪痕，不见泪珠了！等到审判长当庭宣布关中海死刑时，王小玲不知何时，悄然退席了。

采　茶

　　开春的时候，镇上组织年轻的小媳妇、大姑娘到浙江那边去帮助当地茶农采茶，秀玲第一个报了名。后来，采茶的旺季过去了，有人回来了，有人继续留在那边做零工，秀玲一直坚持到最后。

秀玲去浙江采茶回来的那天晚上，夜色好，心情也好。小两口缠缠绵绵地钻进被窝时，秀玲咬着文哥的耳根子说，要把现在的家，搬到依河而居的盐河岸边去。文哥大半年没跟秀玲在一起了，那样的夜晚，他缠住秀玲，爱都爱不够，哪里还顾得上什么建房子的事。

秀玲嫁给三、四年了，整天被文哥宠着爱着，凡事由着她自个的性子来，至今还跟个闺女似的，打扮得粉粉朵朵的，看不出半点做媳妇的样子。开春的时候，镇上组织年轻的小媳妇、大姑娘到浙江那边去帮助当地茶农采茶，秀玲第一个报了名。后来，采茶的旺季过去了，有人回来了，有人继续留在那边做零工，秀玲一直坚持到最后。

年底，盐河两岸外出打工的男男女女，都陆陆续续地回来了。许多男婚女嫁的人家，张罗着在盐河岸边赶建新房。秀玲很眼馋！

盐河上游，依山而居的人家，一半住在盐河岸边，一半星星点点地散落在半山腰的山坳里。秀玲采茶回来那阵子，恰逢政府要求退耕还林叫得热，住在山坳里的人家，陆陆续续都要搬到山下来，搬到盐河两岸去。

盐河岸边，政府统一规划出青一色的两至三层的木质小楼，夹河而建，相对集中。那种仿古的马头墙、吊脚楼，古朴典雅，雕梁画栋，错落有致，好看倒是好看，只是那样的小楼造价太高，建一栋，少说也要二、三十万，稍微好一点、讲究一点的，要三、五十万哩！

秀玲就看中那样的房子了。

文哥何曾不想早点搬出大山。可他苦于手头没有票子。他问秀玲："钱从哪里来？"

秀玲扳着指头算了半天，尽管没有说出钱的来路。

泣血的呼唤

可她，还是坚持要在盐河边上建新房。

破土动工的前一天，秀玲从她随身穿的高筒靴的鞋帮子里拽出一张绿莹莹的储蓄卡，割来肉、买下鱼、运来砖头、备下木料，还满怀憧憬地跟文哥说，要把新房子建得既好看、又要实用一些，室内的厨房、卫生间要吊顶子、贴墙砖，卧室和客厅里要同城里人一样，铺上光彩照人的木地板。

文哥大惊失色，问秀玲："哪来那么多钱？"

秀玲说："采茶挣的。"

文哥鼓着嘴说，小镇上一起去采茶的女人很多，她们怎么没挣到你这么多钱呢？

秀玲白了文哥一眼，说："你个呆子，她们回来的早，俺们回来的迟，这个你都不知道？"秀玲说的俺们，显然是指她和二套家她们几个年轻、貌美、花枝招展的小媳妇。秀玲还说，这年头，谁在外面挣到钱，还挂在脸上、贴在脑门上不成？

文哥想想也是那个理儿。

但，文哥的神情里依然是半信半疑。他隐隐约约地觉得秀玲在浙江那边是不是做了什么不光彩的事儿！可他不想去刨根问底儿。偶尔，晚间躺在秀玲身边，他会猛不丁地问到浙江那边采茶的事，秀玲不想跟他细说，文哥也就不去深问了。凡事都依着秀玲。文哥只管闷头干活儿。

秀玲说，新房子要铺木地板，要紫红色的。很快，就买来了油光发亮的紫红色的木地板。

秀玲说，新房子里要有洗澡的地方。楼上楼下，便各自建了浴室，安装上了银光发亮的淋浴喷头。

秀玲说，新房子建成之后，要好好庆贺、庆贺。

于是，正式竣工的那天晚上，秀玲文哥大摆宴席，宴请各路工匠和一些远亲近邻。

大家推杯问盏的时候，都夸秀玲一个女人家，有能耐，能持家。都说文哥憨人有憨福，泥神住瓦屋，娶了秀玲那样一个女人……后面的话，大家就不细说了，只管乐呵呵地喝酒。

文哥呢，同样也是一副乐呵呵的样子，他跟在秀玲屁股后头，到各个桌上去敬酒，一时间，如同又做了一回新郎一样，很是风光！

回头，酒桌上盘羹狼籍的时候，文哥自个儿握个酒瓶，歪歪斜斜地又到各个桌上去敬工匠、敬亲友、敬自己。敬着敬着，文哥喝醉了。

喝醉了的文哥，突然疯了一样，掀桌子、砸门窗，骂爹、骂娘，骂采茶！秀玲上来拉扯他，却被他一脚给踹到门外去了。

第二天，文哥醒酒之后，看似好人一样。可谁也没有料到，文哥就此落下了"酒后疯"的病根儿。见天沉迷于酒中。而且，每喝必醉。喝醉了酒的文哥，看不得盐河两岸建新房，只要他发现谁家盖新房子，他便疯疯癫癫地跑去，口中念念有词地要给人家：烧掉，烧掉！

争　鱼

大雨过后，何大嘴家的渔塘决了口子。九筐在小河下游所捉到的鱼虾，八成都是上游何大嘴家鱼塘里跑出来的。果然，天快放亮的时候，何大嘴急匆匆地端着把渔叉找来了。一场争鱼，自然而然就开始了。

泣血的呼唤

泣血的呼唤

泣血的呼唤

泣血的呼唤

随笔随语

泣血的呼唤

在盐区，九筐是个出了名的闷嘴驴，凡事，听他女人的。偶尔，驴脾气上来，女人的话他也当成耳旁风。

但，九筐是把逮鱼的好手！家中有十几条大大小小的渔网，每天出没在盐河上游大大小小的沟湾河汊子里，不声不响地下河布渔网子，捉到的鱼虾，自家吃不了，女人便拿到盐区集镇上卖。

天长日久，盐区哪条河汊子里什么时候有鱼虾，有什么样的鱼虾，九筐了如指掌。

这天后半夜，九筐听到窗外"哗哗哗"直倒的雨水声，想到潮起潮落的盐河上游的河汊子，一定是水急鱼跃！

九筐翻来覆去睡不着。

睡不着的九筐，猛不丁地拍了女人的光腚一巴掌，扯上女人，冒雨去盐河上游的河汊子里，布下了一层一层的渔网子。随之，有鱼儿缠到网上，打起了令人惊喜的鱼花；紧接着，成群的鱼虾涌上来，渔网上的漂子都给坠到水里。

九筐的女人喜上眉梢。

九筐则心事重重。

九筐估谋，今夜所捉到的鱼虾，八成是上游何大嘴家鱼塘里跑出来的。

果然，天快放亮的时候，何大嘴急匆匆地端着把渔叉找来了。而且，上来就搬弄九筐家的鱼篓儿。

九筐女人问何大嘴："你要干什么？"

何大嘴指着鱼篓里的鱼虾，说："这些鱼虾，都是因为我们家鱼塘决了口子，你们才逮到的！"

九筐低着头，眼皮都没抬一抬。

九筐女人双手叉着腰，问何大嘴："那又能怎样？如果不是我们两口子在这儿下网子，这些鱼虾是不是全

216

都跑进盐河，游到大海里去了？"

何大嘴说："那我不管，反正我们家鱼塘里的鱼虾，你们一个也不能拿走！"何大嘴要把那些尚在存活的鱼虾，快点放回他们家鱼塘里去。

九筐女人不让，她推开何大嘴，不让他在那儿摆弄她家的鱼篓子。

何大嘴急了，要跟九筐女人支架子——打架。

九筐知道何大嘴不会跟他女人动拳头，一个大老爷们，怎么能跟女人一般见识呢？但，九筐不想把事情闹大，他就那么不言不语地把手伸进鱼篓里，将活的鱼虾，留在鱼篓里；死了的，拣到一边泥地里。

很显然，九筐是想把活的鱼虾让何大嘴拿走，死了的，他带回去。

没想到，九筐的这个想法，何大嘴不同意，九筐女人也坚决反对。

九筐女人扯开九筐，正言厉色地说："我们一没偷、二没抢，凭着自家的渔网在下游的河套逮鱼捉虾，你这是干什么？"九筐女人没好说，越是鲜活的鱼虾，拿到集市上，越能卖上好价钱。

何大嘴说，他家鱼塘里跑出来的鱼虾，被九筐两口子捉到了，就如同他何大嘴家的鸡鸭，跑到九筐家的院子里是一个理儿，难道就拦下不给了，真是的！

九筐女人说何大嘴那是屁话！

何大嘴反过来说九筐女人说的是屁话。

两个人斗鸡一样，争吵起来。

九筐有些恼火！猛起身，搬起鱼篓里满当当的鱼虾，"哗啦"一下子，全都给倒进波涛翻滚的盐河。

九筐女人看到九筐的这一壮举，先是一愣，但她很

泣血的呼唤

快支持九筐的做法，问何大嘴："这样，你满意了吧？算我们今夜没来。"

何大嘴呢，扑闪着两只大眼睛，傻愣了一会，忽而，也称赞，说："好，倒得好！"

九筐不搭理他们，独自背着渔网和空落落的鱼篓，前头走了。

九筐女人与何大嘴跟在后头，尽管还在高一声、低一声地争吵，但此时，他们所争吵的内容——都感到很解气，很好！